이런 건……
완전, 프러포즈야……!!)
베개를 껴안은 채 결혼식에서
성대하게 축복받는
자신들의 모습을 망상했다.

고귀하게
살 수 있었는
학교로!
텐노지 미레이
키오우학원학생회
선거시작!
키오우
서민

미야코지 마나리카
자신을
바꿀 수 있는
환경을!
추진

"즉, 컨설턴트가 나설 차례라는 거군요."
내가 아사히 양의 노림수를
성공으로 이끌면 된다.

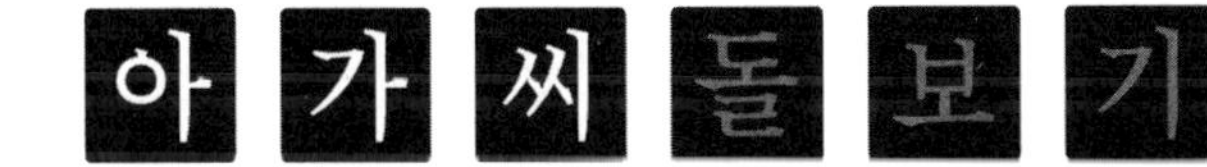

아가씨 돌보기

~영애들이 다니는 명문 학교에서 제일가는 아가씨(생활력 없음)를 남몰래 돕는 시중 담당이 되었습니다~

9

사카이시 유사쿠

일러스트 미와베 사쿠라

contents

saijo no osewa

프롤로그

오늘 아침, 단풍을 보았다.

코노하나 저택 정원에서는 다양한 식물을 정성껏 키우는데, 구석에 우뚝 선 나무의 이파리가 울긋불긋 물들어 있었다. 단풍의 계절은 조금 더 있어야 하지만, 가을의 끝과 겨울의 시작이 확실히 가까이 다가와 있음을 실감한다.

키오우 학원의 분위기도 계절과 마찬가지로 변화의 도상에 있었다. 매니지먼트 게임이 끝나면서 번아웃 증후군으로 학생들이 늘어져 있던 시기도 끝나고, 우리는 다음 이벤트를 대비해 분주한 나날을 맞이하고 있다.

"토모나리 씨!"

방과 후. 텐노지 양이 교실로 들어와 나를 불렀다.

"작성한 포스터와 전단지를 확인해 주세요!"

"알겠습니다."

텐노지 양이 책상 위에 포스터와 전단지를 펼쳐 보였다.

"으음…… 아직 너무 화려하니, 색의 가짓수를 더 줄이는 게 좋겠네요."

"그렇군요. 바로 수정하겠어요!"

텐노지 양은 곧바로 포스터와 전단지를 챙겨 어딘가로 향했다.

엇갈리듯 다음에는 검은 머리를 하나로 모아 묶은 여학생이 들어온다.

"이츠키! 잠깐 이것 좀 봐주지 않을래!"

나리카가 책상 위에 포스터와 전단지를 펼쳤다.

"어디 보자……. 주석이 많으니까 줄이는 게 좋겠어. 자잘한 문장은 생략하자."

"알았다! 잠시만 기다려 줘라!"

포스터와 전단지를 챙긴 나리카는 튼튼한 다리를 살려 곧장 교실을 나갔다.

숨을 훅 내뱉는다.

조금 지쳤지만, 나보다 더 노력하고 있는 두 사람 앞에서 피곤한 기색을 내비치고 싶지는 않다.

최근 며칠 동안 방과 후에는 항상 이런 느낌으로 보내고 있었다. 오늘만 해도 텐노지 양과 나리카가 포스터 확인을 부탁한 것이 여섯 번째다. 점심시간에 두 번, 방과 후에는 아까를 포함해 네 번이다. 아까 느낌으로 봐선 다들 또 오겠지.

"이츠키……. 아직 시간, 더 걸릴 것 같아?"

숙녀 모드를 해제한, 본모습의 히나코가 내게 말을 걸었다.

어느샌가 교실에는 나와 히나코밖에 없었다. 다른 사람들은 모두 하교했다.

"미안해. 한 번 정도는 더 돌 것 같아."

"나는 괜찮아. 이츠키가 괜찮다면…… 됐어."

나를 걱정해 주는 걸까. 말없이 웃으며 괜찮다고 암묵적으로 전한다.

창밖으로 보이는 하늘은 석양에 붉게 물들어 있었다. 바람은 쌀쌀해지기 시작했고, 해가 저무는 시간대가 당겨지고 있다. 티파티를 제외하고 이런 시간까지 학교에 남은 건 처음일지도 모른다.

"벌써 내일인가……."

"응. 드디어 시작돼."

텐노지 양과 나리카가 초조해하는 것도 어쩔 수 없다.

내일이다. 내일부터, 두 사람에게 소중한 기간이 시작된다.

아니…… 내게도 중요한 기간인가.

마음을 다잡고 있을 때, 히나코가 해맑게 웃고 있다는 것을 깨달았다.

"히나코, 왠지 즐거워 보이네. 이런 이벤트는 질색할 줄 알았는데……."

"후후후……. 이번에는 나랑 상관없으니까."

히나코는 한껏 풀어진 미소를 지었다.

남 일이라면 순수하게 즐길 수 있다는 건가.

"게다가 두 사람 중 한 명이 학생회장이 된다면…… 나는 지금보다 자유로워질 수 있을지도 모르고."

"하긴…… 히나코를 향한 주목은 분산될지도 모르겠네."

"응……. 아빠한테는 혼날 것 같지만."

글쎄다.

카겐 씨도 요새는 변하고 있으니까 말이지…….

"막상 주목받지 못하게 되면 그것도 쓸쓸하지 않겠어?"

"전혀."

망설임 없이 대답하나.

"하지만, 이츠키가 다른 사람한테 가는 건…… 싫어."

불안한 듯 시선을 내리는 히나코에게, 나는 쓴웃음을 지었다.

"걱정하지 말래도. 나는 히나코의 시중 담당이니까."

"응……."

모두가 주목해서 나도 히나코를 주목하는 건 아니다.

그러니 설령 모두가 히나코에게 주목하지 않게 되더라도, 나만은 히나코를 지켜볼 거다. 뭐, 사실 히나코가 주목받지 않는 미래는 절대로 오지 않을 거라고 생각하지만.

"…………시중 담당이 아니더라도."

"어?"

작은 목소리로 히나코가 무언가를 말했기에, 되물었다.

"나는 이츠키가…… 계속 봐줬으면——."

"——수정 다 했어요!"

교실 문이 힘차게 열렸다.

우리가 있는 곳까지 걸어온 텐노지 양은 나와 히나코의 얼굴을 보고 고개를 갸웃거렸다.

"어머? 무슨 일인가요, 두 분 다?"

"아니……."

히나코 쪽을 슬쩍 보았다.

"아무 일도 없는데요?"

숙녀 모드로 전환한 히나코가 부드럽게 미소를 짓는다.

10월 하순.

키오우 학원은 학생회 선거철을 맞이하려 하고 있었다.

1장 진영

키오우 학원의 선거기간이 시작되었다.

나도 당사자이기에 선거 규정은 얼추 공부해 두었다.

우선 기간은 주말을 제외하고 13일이다. 3주에 달하기에 꽤 길지만, 장래의 경영자나 정치가를 견인하는 학생회 임원을 정하는 기간이라고 생각하면 타당할지도 모른다. 회장 후보는 이 13일 동안 자유롭게 선거 활동을 하며 전교생의 표를 두고 경쟁한다.

첫날은 각 회장 후보가 직접 만든 포스터를 전시하고 공약을 발표하는 것이 관례다. 전단지도 병행하는 경우가 많은 모양이다. 포스터를 붙이는 장소와 전단지를 배포해도 되는 장소는 미리 정해져 있다.

이날은 평소처럼 키오우 학원에 등교했을 때 교사 1층에 학생들이 모여 있었다.

학생들의 목적은 금방 알 수 있었다. 학생회장 후보들이 붙인 포스터다.

"오, 토모나리. 그리고 코노하나 양."

"다들, 안녕~!"

타이쇼와 아사히 양이 우리를 발견했다.

나와 히나코는 "안녕하세요." 라고 인사하며, 두 사람에게 다가갔다.

"사람이 엄청나게 몰렸네요."

"뭐, 올해는 후보가 후보니까 말이야."

그렇게 말하며 타이쇼는 포스터 쪽으로 시선을 돌렸다.

학생회장 입후보자는 세 명.

그중 두 명은 텐노지 미레이와 미야코지마 나리카다.

둘 다 키오우 학원에서는 히나코와 어깨를 나란히 할 정도의 유명인이다. 애초에 텐노지 양은 본가의 규모 자체가 코노하나 그룹에 필적하녀, 나리카의 본가도 입계에서는 최대 기업인 데다, 최근에는 교내에서의 활약이 눈부시다는 평판이다.

나는 두 사람에게 포스터 내용에 관해 상담받아서 지금 이 자리에서 새삼스레 포스터를 볼 의미는 별로 없지만, 열심히 만든 포스터가 많은 사람에게 주목받는 광경은 왠지 감개무량했다.

(둘 다 초기와 비교하면 상당히 나아졌네.)

노력이 보답받는 것 같아 기뻤다.

텐노지 양이 처음에 만든 포스터는 슈퍼마켓의 특별 할인 광고지 같아서, 아무튼 화려하고 난잡했다……. 수정하길 잘했다.

나리카가 처음에 만든 포스터는 본인의 걱정이 너무 심한 나머지 본문보다 보충 설명이 압도적으로 많았다……. 이쪽도 수정하길 정말 잘했다.

매니지먼트 게임에서 컨설팅 사업을 했다는 이유로 두 사람 모두 나에게 상담을 요청한 모양이지만, 솔직히 나도 선거 활동에 정통한 건 아니다.

그래서 나름대로 이것저것 조사해서 객관적으로 조언했다고 생각하는데…… 나쁘진 않을까.

학생들 뒤에서 팔짱을 끼며 고개를 끄덕이고 있자니――.

"토모나리 씨!"

텐노지 양이 큰 소리로 나를 부르며 다가왔다.

"당신 덕분에 멋진 포스터가 완성되었어요!"

"아니요, 전 딱히 대단한 일은……."

"겸손해하지 마셔요! 이 우아한 포스터는 그야말로 내 개성을 나타내는 눈부신 것이랍니다!"

그렇게 말하며 텐노지 양은 자신의 포스터를 기쁜 기색으로 바라본다.

히나코는 완벽한 숙녀라는 별명이 있지만, 텐노지 양도 그에 못지않게 완벽하다. 하지만 딱 한 가지 점만은…… '좋은 집안의 아가씨다워야 해!' 라는 마음만은 브레이크가 고장이 났다. 금발이라든가 말투라든가, 그런 점이 영 이상한 건 그 때문이다.

그래서 포스터 초안은 보란 듯이 화려한 것이었지만, 그렇다고 해서 그 개성을 없애는 것도 아깝다고 느낀 나는 포스터의 분위기를 최대한 기품이 느껴지게 만들었다. 매니지먼트 게임 전반부에 나는 텐노지 양과 우아한 찻집에 갔었는데, 그런 가게에 장식해 두어도 이상하지 않을 모양새를 의식했다.

"저기, 텐노지 양! 힘내세요!"

"저, 텐노지 양에게 투표할게요!"

주변에 있는 학생들이 텐노지 양을 응원했다.

"고마워요. 내일부터 연설도 할 테니, 꼭 들어 주세요!"

정중하게 인사하고, 텐노지 양은 자리에서 떠났다. 흔들리는 금발 롤이 아침 햇살에 반짝반짝 빛나 보였고, 학생들은 말없이 넋을 잃고 바라본다.

"이츠키!"

또 이름이 불렸기에 뒤돌아보았다.

나리카가 이쪽으로 다가왔다.

"어제는 늦게까지 도와줘서 큰 도움이 됐다! 이츠키 덕분에 포스터랑 전단지도 평판이 좋다!"

"그래? 잘됐네."

"매니지먼트 게임 때도 그랬지만, 이츠키의 발상에는 정말 놀랐다. 설마 서예 실력이 이런 데서 진가를 발휘할 줄이야."

나리카는 감탄한 기색으로 본인의 포스터를 보았다.

텐노지 양의 포스터는 본인의 개성을 살리는 방침으로 정했기에, 나리카도 그 개성을 살릴 수 없을지 검토한 결과, 그러고 보니 나리카가 서예에 능숙했다는 사실을 떠올렸다. 그래서 혹시 몰라 담임인 후쿠시마 선생님께 상담해 봤는데, 포스터는 글씨를 어떻게 써도 상관없다고 해서 내가 나리카에게 붓글씨로 써보는 게 어떻겠냐고 제안한 거다.

그 결과, 엄청나게 눈에 띄는 포스터가 완성되었다.

달필로 적힌 공약에 학생들은 시선을 빼앗긴다.

"미야코지마 양! 전 당신을 응원할 거예요!"

"언니! 저도 꼭 표를 넣을게요!"

학생들이 나리카를 응원한다.

"고마워. 그…… 기대에 부응할 수 있도록 노력하마!"

조금 말을 더듬었지만, 나리카는 이전처럼 대중의 시선에 노출되어도 기죽는 법이 없었다.

나리카가 그 자리에서 떠나고, 아주 조금 분위기가 진정된다.

그리고── 주위의 시선이 일제히 나에게 쏠렸다.

"윽."

알고 있다.

모두가 하고 싶은 말은 시선을 통해 충분히 전해지고 있다.

──너는 누구 편이지?

그 답을, 아직 나는 내놓지 못하고 있었다.

가벼운 속쓰림에 배 언저리를 만지며, 나는 교실로 향했다.

◆

"하아아아아~~~~~~."

"알기 쉽게 고민하고 있네, 토모나리."

교실에서 한숨을 쉬고 있자, 타이쇼와 아사히 양이 와 주었다.

"부회장 후보는 토모나리를 포함해서 두 명이지?"

"그런 것 같네요. 정보가 나오지 않아서 다른 한 명이 누군지는 아직 모르겠지만요."

"뭔가 소소한 소문은 돌고 있더라. 1학년이라고 들었는데?"

"어? 그래요?"

그 소문은 내 귀에 들어오지 않았다.

1학년이 부회장에 입후보하는 건가…… 진짜 야심가인걸.

나보다 어리다고 해서 방심할 수는 없다. 오히려 그 1학년은 나와 달리 정당한 수단으로 이 학교에 입학했을 거다. 솔직히 생각해서 나보다 우수할 것 같다.

"아무튼, 두 명이나 된다면 토모나리도 선거에서 이길 필요가 있는 셈이고, 어느 진영에 소속될지가 중요해지겠네."

"네……."

바로 그 진영에 대해 고민하고 있다.

선거에 임하는 건 회장 후보만이 아니다. 학생회 임원은 회장, 부회장, 회계, 서기, 서무의 다섯 가지 직책이 있으며, 각 직책에 여러 후보자가 있으면 선거 대상이 된다.

부회장 후보는 나를 포함해 두 명이므로, 나도 당선을 노리고 활동해야 하는 상황이다. 이번 선거는 나도 완전히 당사자다.

부회장의 주요 선거 활동은 회장 후보의 보좌다. 즉, '이 사람이 회장이 된다!' 라고 생각한 사람의 밑에 들어가 부하로서 뒤에서 지원하는 건데…… 어째서 이런 활동 내용인가 하면, 그건 선거 규정과 관계가 있다.

기오우 학원 학생회 선거에선 전교생이 투표권을 갖지만, 당선된 회장은 회장표라는 특별한 표를 받는다. 이 회장표는 전교생의 3분의 1에 해당하는 표가 된다.

즉, 당선된 회장은 학생회 임원을 직접 고르기 쉬워지는 구조다.

그리고 키오우 학원에는 당선된 회장이 자신의 보좌를 맡아 준 부회장 후보에게 회장표를 주는 관례가 있다.

그래서 부회장 후보는 소속된 진영이 중요해지는 거다.

올해 키오우 학원의 선거에는 세 개의 진영이 있다. 텐노지 양의 진영, 나리카의 진영, 그리고 아직 보지 못한 세 번째 진영이다.

요컨대 부회장 후보의 선거 활동이란―― 이 진영 중에서 승산이 있는 후보를 찾아내 그 보좌를 맡는 거다.

보좌를 맡고, 그 대가로 회장표를 받는 거다.

물론 회장표만으로는 3분의 1밖에 되지 않으니까 나머지 3분의 2가 다른 후보에게 가면 패배한다. 그래서 나는 보좌로서 많은 학생에게 활약상을 보여주어 부회장다운 신뢰를 획득해야 한다.

"응원할게. 난 토모나리에게 투표할 거니까."

"감사합니다."

불안이 많은 지금, 이렇게 솔직한 응원은 무척이나 고맙다.

"아사히도 그렇지?"

타이쇼가 옆에 있는 아사히 양을 본다.

하지만 아사히 양은 어쩐지 복잡한 표정을 지으며 생각에 잠겨 있었다.

"아사히?"

"어? 아, 응! 나도…… 토모나리 군이 좋다고 생각해."

어딘가 거북해 보이는 아사히 양의 태도를 보고, 나는 조용히 한숨을 흘렸다.

"저기…… 억지로 응원하지 않아도 되니까요."

“아, 아니야! 정말로 응원하는 거야! 나도 토모나리 군에게 투표할 거니까!”

그렇게 말하는 것치고는 태도가 어색해 보이지만…….

하지만 아사히 양에게 표를 받지 못할지도 모른다고 생각한 순간 이렇게 부정적이 된 것을 보면 무의식중에 항상 같이 지내는 모두에게는 표를 받을 수 있을 거라며 쉽게 보고 있었던 모양이다……. 반성하자. 자만과 우정은 다르다.

선거기간은 이제 막 시작된 참이다. 중요한 건 앞으로다.

하지만 앞으로 나아가기 위해서라도…… 진영만큼은 결정해야 한다.

텐노지 양을 도울 것인가, 아니면 나리카를 도울 것인가.

나는 어느 쪽을 택해야 하는 걸까…….

“생각이 정리가 안 돼서, 잠깐 걷다 올게요.”

수업까지는 아직 조금 시간이 있다.

나는 교실을 나와 복도를 적당히 걸었다.

“어머, 토모나리 씨.”

“스미노에 양…….”

복도를 걷다가 막 등교한 스미노에 양과 마주쳤다.

“오늘부터 선거기간이네요.”

“그, 그러게요.”

겉으로만 청초한 미소를 뿌리는 스미노에 양을 보고, 내 등에서는 식은땀이 흘렀다.

스미노에 양은 미소를 지은 채 말을 잇는다.

"토모나리 씨는, 어느 진영에 들어갈 생각이죠?"

"그건……."

말문이 턱 막혔다.

그런 나를 보며 스미노에 양은 눈매를 날카롭게 세웠다.

"설마, 텐노지 님을 배신할 생각은 아니겠죠?"

압박감이 엄청나다.

스미노에 양은 마지막까지 빤히 나를 보며 교실로 들어갔다.

배를 만지며 숨을 깊게 내뱉고 있자니——.

"아, 토모나리 군."

키타 유스케 군이 걱정스러운 눈치로 다가왔다.

"왜 그래? 몸 상태가 안 좋아 보이는데."

"아뇨, 괜찮아요."

"그렇다면 다행이지만…… 부회장을 목표로 하는 거지? 응원할게."

"감사합니다."

지금까지 열심히 한 보람이 있는지 여러 사람이 나를 응원해 주고 있다.

하지만 키타는 교실로 돌아가지 않고, 조금 생각하는 기색을 보였다. 마치 말해야 할지 말아야 할지 고민하는 듯한 키타는 이윽고 망설이면서도 입을 연다.

"토모나리 군은, 어느 진영에 붙을 거야?"

"그게……."

"압박할 마음은 별로 없지만, 미야코지마 양은 누군가가 도와줘야 하는 사람이라고 생각해."

"그렇죠……."

나도 그렇게 생각한다.

그렇게 생각하지만…….

◆

점심시간.

평소처럼 히나코와 같이 점심을 먹은 뒤, 히나코가 내 무릎을 톡톡 누드렸다.

"잘 거야?"

"응."

양반다리를 하고 히나코가 머리를 얹기 편하게 한다.

"스으……."

무릎베개에 머리를 댄 히나코는 곧바로 새근새근 숨소리를 냈다.

해가 지면 조금 쌀쌀해지는 계절이지만, 낮 기온은 매우 쾌적하다. 나도 생각할 일만 없다면 같이 자고 싶었을 정도다.

(상담해 볼까.)

스마트폰을 꺼내, 전화를 걸었다.

이 시간에 받아 줄지는 모르겠지만, 곧바로 전화가 연결되었다.

『무슨 일이야, 이츠키? 이런 시간에 전화를 다 하고.』

"미안해. 유리. 지금 잠깐 시간 돼?"

『되긴 하는데, 중요한 얘기야?』

"그래……."

『잠깐만 기다려 봐. 장소 좀 옮길게.』

유리의 목소리와 함께, 북적이는 말소리가 들려왔다. 유리가 다니는 고등학교도 마침 지금이 점심시간일 터다.

예전 고등학교 시절의 분위기가 떠올라, 조금 그리운 기분에 젖는다.

『그래서? 할 얘기가 뭔데?』

장소를 옮긴 유리가 말을 건다. 조금 전의 북적거리는 소리는 이제 들리지 않는다.

"상담하고 싶은 게 있어서. 지금 여기 학원에서 선거 활동이 시작됐는데——."

내가 처한 상황을 유리에게 설명했다.

내가 부회장 후보라는 것. 선거에서 이기려면 누군가의 보좌를 맡아 활약해야 한다는 것. 하지만 그러려면 진영을 정할 필요가 있다는 것…….

『우와아…… 그거 너무 배부른 고민 아니야?』

"배부른 건가?"

『그야 마음만 먹으면 어느 진영이든 들어갈 수 있다는 거잖아? 보통은 반대라서, 어느 진영이든 들어가는 것만으로도 고생하지 않아?』

듣고 보니, 확실히 그런가…….

『그리고 그걸 나한테 상담하는 거야?』

"나는 인생의 중요한 일을 유리한테 상담하기로 했으니까."

『뭐야, 그게.』

유리가 킥킥대며 웃는다.

중요한 일이기에 사실은 직접 보고 이야기하고 싶지만, 좌우지간 시간이 없다.

우물쭈물 고민해 버린 내 잘못인 건 당연하지만…….

(예년과 같은 방식이라면, 회장 후보가 한 명 고립된단 말이지.)

회장 후보가 세 명인데 부회장 후보는 두 명.

부회장 후보가 각자의 진영을 찾아냈을 때, 한 명의 회장 후보가 누구의 보좌도 받지 못하고 고립되어 버린다.

나는 텐노지 양과 나리카가 고립되길 바라지 않는다.

두 사람을 슬프게 하고 싶지 않다는 배려로 그렇게 생각하는 것이 아니다. 둘 다 고립될 리가 없는 사람이라는 마음이 있는 거다.

텐노지 양도 나리카도 훌륭한 사람이다.

그런 두 사람이 선거 활동에 임하는 이상…… 모두 최대한의 퍼포먼스를 발휘했으면 좋겠다. 인력 부족으로 두 사람의 활동이 제약받는 건 내가 개인적으로 싫다.

다른 부회장 후보가 텐노지 양이나 나리카의 보좌를 노리고 있을 가능성은 있지만, 현시점에서 두 사람에게 그런 이야기를 듣지 못했으니 그럴 가능성은 없겠지.

역시, 이기적인 생각일까…….

『네가 하고 싶은 걸 우선하면 되잖아?』

유리는 태연하게 말했다.

『그런 건 말이야, 스스로 납득하면 되는 거야. 난 항상 내 생각만 하는걸.』

"그래……?"

『그렇다니까. 나는 대체로 요리를 우선시하지만 말이야.』

유리에게 하고 싶은 일이란, 집에서 경영하는 가게를 전국 체인으로 만들겠다는 야망을 말한다.

나도 눈앞의 선거만이 아니라 조금 더 대국적으로 나 자신을 볼 필요가 있을지도 모른다.

내가 인생에서 하고 싶은 일은—— 히나코를 지키는 거다.

히나코나 텐노지 양, 나리카 같은 좋은 집안 아가씨들을 지탱할 수 있는 신분이 되는 것. 즉, 컨설턴트로서 성공하는 거다.

그리고 언젠가 신분을 속이지 않고도 모두와 당당하게 어울릴 수 있는 사람이 된다.

이것도 이기적인 생각일지도 모르지만…….

(생각해 보면 다들 나름의 사정이 있어서 선거에 임하고 있는 거구나.)

텐노지 양은 히나코를 넘어서기 위해.

나리카는 자기 자신을 바꾸기 위해.

『자기 한 몸 바쳐 일하는 것도 좋을지 모르겠지만, 넌 그게 껍질 속에 틀어박히는 꼴이 되지 않겠어?』

그야 나는 지금까지 쭉 그렇게 살았으니까——.

고학생 시절부터 나는 내가 하고 싶은 일을 생각하지 않고 지냈다. 여름방학 때도 유리에게 지적받은 적이 있다. 나는 나 자신을 위해 시간을 쓰는 것이 서툴다고.

하지만 앞으로는 이대로 있으면 안 된다는 것을 나 자신도 알고 있을 터다.

내 의지로 적극적으로 목적에 다가가지 않으면 모두에게 뒤처지고 만다.

내가 선택한 세계는 그렇듯 엄격한 곳이다.

(초심을 잊고 있었네.)

텐노지 양에게 이유가 있듯이, 나리카에게 이유가 있듯이, 내게도 학생회 선거에 도전할 이유가 있었다.

여름방학 막바지 무렵에, 나는 타쿠마 씨에게 들었다. 장래에 코노하나 그룹의 임원이 되고 싶다면 키오우 학원 학생회에는 들어가 두어야 한다고——.

그 뒤로 여러 상황이 변했다. 매니지먼트 게임에서 내가 컨설턴트의 길을 개척하고, 그 길에 대한 적성을 보여준 건 타쿠마 씨에게도 다소 뜻밖의 일이었을 거다.

여름방학 때 그렸던 인생 설계와는 조금 어긋났지만, 그래도 내가 하고 싶은 일은 변하지 않는다.

히나코의 곁에 선다——.

그것이, 그것만이, 전혀 흔들림 없는 나의 꿈이다.

"고마워. 뭘 해야 할지, 알 것 같아."

『다행이네.』

서로 침묵했다.

거기서 나는 "어라?" 하고 고개를 갸웃거린다.

“늘 하던 말, 안 해? 누나니까……라면서.”

『안 해…….』

유리는 한숨 섞인 목소리로 대답했다.

『나는, 너한테도…… 다른 사람들한테도 안 질 거니까!』

통화가 끊겼다.

유리도 무언가 내면의 변화가 있었던 것일까.

하지만 막상 ‘누나니까!’ 멘트를 못 들으니…… 그것도 쓸쓸하게 느껴진다. 내가 생각해도 제멋대로인 감정이다.

“……에잇.”

“으헉?!”

갑자기 옆구리를 찔려서 이상한 소리가 나왔다.

“히, 히나코. 일어나 있었어?”

“중간부터……. 방해 안 했어. 잘했지?”

“잘했어…….”

“으헤헤…….”

칭찬받고 싶은 것 같아서 머리를 쓰다듬어 주자, 히나코는 기쁜 듯이 웃었다.

왠지 고양이를 쓰다듬는 기분이다.

“……선거는, 경영과 달라.”

히나코가 내 무릎 위에 누운 채로 말했다.

“경영이라면, 여러 회사의 실적을 올리는 것도 중요하지만…… 선거의 승자는 한 사람뿐.”

실제로 매니지먼트 게임에서 여러 기업을 동시에 키워냈던 히나코가 말하니 엄청난 설득력이 느껴진다.

선거의 승자는 한 사람. 그렇다면 어지간해선 양립하기 어려운 법이지만――.

"하지만…… 그건, 이츠키가 생각하기 나름."

히나코의 눈이, 빤히 나를 바라본다.

"앞으로 시작될 이벤트를 어떤 것으로 만들지는…… 전부 이츠키 마음이라고 생각해."

"그래. 히나코 말이 맞아."

히나코는 "응." 하며 고개를 끄덕였다.

"참고로, 히나코에게 학생회 선거는 뭐야?"

"으음……………… 홀가분한 축제?"

고개를 살짝 갸우뚱하며 히나코가 말했다.

기본적으로 히나코는 어떤 이벤트에서든 주역급으로 눈에 띄고 만다. 그렇기에 이번 선거는 지금까지와는 달리 홀가분한 입장인 것이 기쁜 것이리라.

"그래도, 제대로 응원하고 있어."

단순한 방관자가 아니라고 히나코는 주장했다.

"이츠키도, 텐노지 양도, 미야코지마 양도…… 모두가 결과를 낼 수 있으면 좋겠어."

히나코의 순수한 마음을 듣고, 나는 나도 모르게 슬쩍 웃었다.

그렇지……. 완전히 동감한다. 나도 같은 생각을 하고 있다.

나도 무심코 무릎 위에 있는 히나코의 머리를 마구 쓰다듬었다.

"응? 응, 으응…… 으헤헤……."

히나코는 쓰다듬어 줄 때마다, 점점 풀어진 웃음을 지었다.

◆

히나코와 함께 A반 교실로 돌아가는 도중, 나는 복도에서 두 소녀와 마주쳤다.

"아."

"아."

"아."

내가 소리를 내자, 텐노지 양과 나리카도 소리를 낸다.

두 사람이 같이 행동하고 있었던 걸까?

텐노지 양과 나리카는 말없이 눈짓을 주고받은 뒤, 조용히 고개를 끄덕이며 나를 보았다.

"토모나리 씨. 잠시 시간을 내주실 수 있어요?"

"조금 이야기하고 싶은 게 있다."

텐노지 양과 나리카가 각각 결심을 굳힌 듯한 표정으로 말한다.

"마침 잘됐습니다. 저도 여러분에게 하고 싶은 말이 있어요."

텐노지 양 일행이 눈을 동그랗게 뜬다.

어쩌면 하고 싶은 이야기는 같을지도 모른다.

"그러면 저는 먼저 돌아가 있을게요."

"네. 나중에 봐요."

히나코가 눈치껏 먼저 교실로 돌아갔다. 뭐, 히나코에게 숨길 일도 아니니까 저택으로 돌아간 다음에 대화 내용을 공유하자.

점심시간도 슬슬 끝나가서 교실 밖에는 사람이 별로 많지 않았다. 인적이 드문 층계참에서, 우리는 마주 보고 섰다.

"그러면 먼저 우리의 용건부터 말씀드릴까요."

내가 고개를 끄덕이자, 다음은 나리카가 이어받았다.

"이츠키. 이번 학생회 선거 말인데, 우리 일을 도와줄 필요는 없다."

"어?"

뜻밖의 발언에 나는 눈을 크게 떴다.

도와줄 필요가 없다는 건, 즉…….

"그건 전력이 안 되니까 떠나라는 뜻인가요……?"

"아아아, 아니야! 그런 게 아니야!"

"맞아요! 전력이 안 될 리가 없잖아요! 본심을 말하자면, 간절히 원하는 게 당연하답니다!"

그런 건가……?

고개를 갸웃거리자, 텐노지 양이 얼굴을 붉히며 "어흠." 하고 일부러 헛기침했다.

"토모나리 씨니까요. 보아하니, 우리 중에서 한 명을 고르지 못하고 계신 거겠죠?"

"그건……."

꿰뚫어 보고 있었던 모양이다.

"포스터나 전단지 제작 정도라면 몰라도, 앞으로도 우리 뒷바라지를 동시에 하다간 눈코 뜰 새 없이 바빠질 거랍니다. 그래서 아까 미야코지마 양과 이야기해서 결정했어요. 토모나리 씨에게 무리를 시키지 않기 위해서라도, 우리는 보좌 없이 선거에 임하겠다고요."

"이츠키라면 세 번째 회장 후보의 마음에도 들겠지. 그러니까 우리 일은 신경 쓰지 말고, 조금 더 홀가분한 상태로 선거 활동에 임했으면 좋겠다고 말하고 싶었던 거야."

둘 중 하나를 택할 수 없다면, 차라리 자신들을 고르지 않아도 좋으니 세 번째 후보와 함께 힘내라. 텐노지 양과 나리카는 그렇게 말하고 있었다.

하지만 그건…… 조금 다르지 않을까.

"안심하세요. 우리는 혼자서라도 어떻게든——."

"——싫습니다."

딱 잘라 부정했다.

"그런 말씀 하지 마세요. 제가 돕게 해주세요. 텐노지 양도, 나리카도, 제가 양쪽 모두 최선을 다해 지원하겠습니다."

설마 내가 자신에게 지워지는 부담만을 우려하고 있다고 생각한 걸까.

그게 아니다. 내가 누구를 도울지 고민한 건 사실이지만, 부담의 무게로 고민한 적은 단 한순간도 없다.

그런 건 내게 처음부터 도외시해도 좋은 거다.

내가 신경 쓰고 있었던 건 학생회 선거의 규정이다. 한 명의 회장 후보에게 한 명의 부회장 후보가 붙는다는 기존 형식을 지키지 못해도 되는가. 그 점만이 불안했지만, 그 문제도 유리와 히나코가 용기를 준 덕분에 해소되었다.

그렇다면 내가 타협할 이유는 없다.

"두 분 다 착각하고 있어요. 저는 한 명을 고를 수 없는 게 아닙니다. 둘 다 돕고 싶습니다."

입을 다물고 놀라는 두 사람에게, 나는 말을 이었다.

"제게는 컨설턴트가 되겠다는 목표가 있습니다. 그러기 위해서는 조금이라도 더 많이 조언자 경험을 쌓고 싶습니다. 눈코 뜰 새 없이 바쁘다……. 바라던 바 아닙니까. 이 기회를 놓치고 싶지 않습니다. 바쁜 건 정말 원하던 바입니다."

눈코 뜰 새 없이 바쁜 것 따위는 두렵지 않다.

그런 건 히나코의 손에 이끌려 이 세계에 발을 들인 순간부터 줄곧 경험하고 있다.

"저도 이 선거에 걸린 것이 있습니다. 그러니 두 분 모두 제가 돕겠습니다."

똑바로 두 사람을 바라보며 말했다.

그러자, 텐노지 양과 나리카는 왠지 멍한 표정을 지었다.

"멋져요오……."

"멋있어……."

뺨을 살짝 붉힌 두 사람에게, 나는 고개를 갸웃거렸다.

"저기, 다들 왜 그러죠?"

""——헉.""

두 사람이 정신을 차렸다.

"알겠습니다. 토모나리 씨가 그렇게까지 말씀하신다면 부디 도와주셔요."

"원래부터 이츠키는 신뢰하고 있으니까. 내가 먼저 부탁하고 싶을 정도다."

두 사람 모두 승낙해 주었기에, 나는 가슴을 쓸어내렸다.

다행이다. 전력에서 빼겠다는 통보가 아니라서…….

"다만, 그렇게 되면 불안한 건 토모나리 씨가 주변에서 어떻게 보일까 하는 점이네요. 두 진영에 속하는 이상, 토모나리 씨가 회장표를 노리는 박쥐처럼 보일 가능성이……."

"그 점에 관해서는 생각하고 있는 바가 있으니, 나중에 다시 이야기하죠."

슬슬 수업이 시작될 때다. 그렇게 생각한 타이밍에 예비종이 울렸다.

매니지먼트 게임에서 컨설턴트를 하던 때의 기분이 떠오른다.

복잡한 이야기는 나중으로 미루고, 우선은 서로가 해야 할 일을 공유하는 것이 중요하다.

"당분간의 선거 활동은 전단지 배포와 내일부터 시작되는 연설이죠? 연설 원고는 이미 작성했나요?"

"네, 아주 조금이지만요……."

"나도 착수만 했을 뿐 완성은 못 했어……."

예상은 했었지만, 역시 나 이상으로 두 사람도 바쁜 탓에 진척은 신통치 않다.

내가 고민하며 늦어진 만큼, 만회할 수단을 생각해야 한다.

"원고 작성은 제가 도울 테니까, 오늘 방과 후에는 두 분 모두 전단지 배포에 전념해 주세요. 두 분이 직접 전단지를 돌리는 것이 학생들과의 거리도 좁혀질 거라고 생각합니다."

진지한 표정으로 고개를 끄덕이는 두 사람에게, 나는 계속해서 작전을 설명한다.

"그렇다고는 해도 혼자서 하긴 힘들 테니까, 전단지 배포를 도와줄 사람을 소개할게요. 그리고 이미 아실지도 모르지만, 전단지를 돌려도 되는 장소는 한정되어 있으니 주의해 주세요."

텐노지 양에게는 스미노에 양을, 나리카에게는 키타를 소개하자. 두 사람이라면 성실하고, 게다가 텐노지 양이나 나리카와도 아마 궁합이 좋을 거다.

여기까지 이야기했을 때, 나는 눈앞의 두 사람이 살짝 놀라고 있다는 것을 깨달았다.

"뭐랄까, 엄청 빠삭한걸."

"윽."

나리카의 소박한 의문에, 나는 조금 겸연쩍어졌다.

"그게, 이래저래 도와줄 마음이 가득했으니까…… 이것저것 조사했거든."

그렇기에 학생회 선거 규정은 전부 머릿속에 새겼다. 부회장 후보만이 아니라, 회장 후보의 처신법까지 한 차례 예습은 했다고 자부한다.

"풉."

"후후."

텐노지 양과 나리카가 동시에 웃음을 터뜨렸다.

"우리의 불안은 괜한 걱정이었던 모양이네요."

"그래. 처음부터 이츠키에게 의지해야 했을지도 모르겠어."

지탱하기로 결심한 이상, 그 신뢰에 보답하겠다.

그 후, 해산하고 교실로 돌아온 나는 며칠 전 유리가 했던 말을 떠올렸다.

——불가능한 선택지를 고를 순 없잖아.

집에서 실력을 갈고닦을지, 일류 레스토랑의 전속이 되어 실력을 갈고닦을지, 둘 중 하나를 고르라고 압박받은 유리는 천연덕스럽게 양쪽 다 취하는 선택을 했다.

그 욕심을…… 나도 본받자.

◆

방과 후.

텐노지 양과 미야코지마 양은 내가 말한 대로 전단지 배포에 전념해 주었다.

"텐노지 미레이입니다! 부디 소중한 한 표를!"

"미야코지마 나리카다! 모두의 응원을 기다리고 있겠다!"

교사를 나선 지점에서 두 사람은 떨어진 위치에서 전단지를 돌린다.

보아하니 하교하는 학생 모두가 전단지를 받고 있었다. 그만큼 키오우 학원 학생들이 선거에 관심을 보이는 걸까……? 아니면 두 사람의 후광 덕분일까? 집안에 대한 배려일 가능성도 부정할 수는 없지만, 앞으로 13일 동안 성실하게 활동한다면 그런 시시

한 이유로 결판이 나는 미래는 오지 않을 거다.

전단지를 돌리는 의미는 두 가지다. 하나는 포스터와 마찬가지로 공약을 알리는 것이며, 또 하나는 내일부터 시작되는 연설을 홍보하는 거다.

"내일부터 하루에 두 번…… 점심시간과 방과 후에 연설을 합니다! 여러분도 꼭 모여 주세요!"

"자세한 공약은 내일부터 시작되는 연설에서 이야기할 예정이다! 모두에게 전하고 싶은 말이 많으니, 되도록 와 주었으면 한다!"

두 사람은 전단지를 돌리며 연설 시간과 장소를 학생들에게 알렸다. 이것을 알리지 않으면 연설을 해도 사람이 모이지 않아 의미가 없기 때문이다.

(세 번째 회장 후보가 보이지 않는걸.)

다른 장소에서 전단지를 돌리고 있는 것일까?

아니면 오늘은 상황을 지켜보고 있는 걸지도 모른다. 어떻게 활동할지는 각 후보의 자유이니 그래도 문제는 없지만…… 이 정적은 조금 신경 쓰인다.

"텐노지 님은 키오우 학원에 어울리는 고결한 분입니다. 부디 응원해 주세요!"

"미야코지마 양은 변화를 두려워하지 않는 사람입니다. 학원의 미래를 맡겨 보지 않겠습니까?"

스미노에 양과 키타도 전단지 배포를 돕고 있었다. 키타는 저음 부탁했을 때 자신이 없는 기색이었지만, 마음을 다잡았는지 지금은 필사적으로 전단지를 돌리고 있다.

스미노에 양과 키타 사이에서 불꽃이 파지직 튀었다.

스미노에 양은 입을 크게 벌리고—— 외친다.

"텐노지 님께 영광 있으라!!"

스미노에 양…….

그건 왠지 세뇌 같으니까 그만해…….

"이츠키…… 조금 더 있다가 갈 거야?"

"아니, 우리는 이제 가자."

연설의 전초전이라고도 할 수 있는 전단지 배포전을 끝까지 지켜보고 싶은 마음은 있지만, 나도 내 할 일이 있다. 다들 신뢰해도 문제없을 테니, 역할 분담을 지켜야지.

한 명만 이상하게 폭주하고 있지만…… 아, 텐노지 양이 스미노에 양에게 주의를 주러 갔다.

어깨를 늘어뜨리고 낙담하는 스미노에 양을 보고 폭주가 멈춘 것을 확인한 나는 코노하나 저택으로 귀가했다.

"——자."

선거기간에는 시중 담당의 업무를 제외한 사용인의 잡무를 면제받았기에, 방으로 돌아온 나는 곧바로 가방에서 연설 원고를 꺼냈다.

매번 느끼는 거지만, 내가 하고 싶은 일을 배려해 주는 시즈네 씨에게는 감사해야 한다. 시험적으로 고용된 서민 시중 담당에 불과한 내가 설마 학생회 임원을 목표로 할 줄은 아무도 예상하지 못했을 거다.

곧바로 원고 체크를 시작한다.

(다들 진지하게 썼네.)

타쿠마 씨가 나에게 있다고 말한, 데이터 너머를 보는 재능이 왠지 모르게 발휘되고 있다는 느낌이 들었다. 어느 원고에서든 선거에 임하는 두 사람의 강한 의지가 느껴진다.

이 마음을 최대 효율로 청중에게 전달할 수 있게끔 다듬는 것이 내 일이다.

회장 후보의 연설은 아무 때나 해도 되는 게 아니다. 점심시간과 방과 후에만 허가된다. 점심시간은 시간이 한정되지만, 방과 후에는 시간적 여유가 있어 점심시간보다 상세한 내용으로 연설이 가능할 것 같다. 그렇다면 원고는 두 가지를 준비하는 것이 좋을지도 모르겠다.

(이런 점은 경영과 비슷한걸.)

점심시간에 히나코가 말했던 대로, 경영과 선거는 완전히 다르다. 그런데도 매니지먼트 게임에서 여러 기업의 컨설팅을 동시에 처리한 경험이 도움이 되고 있었다.

즉, 각각의 장점을 살려서 성장시키면 되는 거다.

경영이든 선거든 더 많은 신용을 거머쥐면 이길 수 있다는 법칙은 똑같다. 선거는 회사가 사람으로, 주식이 표로 바뀌었을 뿐이다.

(혹시 모르니 히나코에게 확인해 달라고 할까.)

나는 뒤쪽 침대에 누워 있는 히나코를 봤다.

"히나코, 원고를 한 번 읽어 줄래?"

"응…… 맡겨줘."

"미안해, 졸릴 텐데."

"괜찮아……. 이츠키를 위해서라면 쉬운 일이야."

그렇게 말하며 히나코는 일어나 아장아장 짧은 보폭으로 내 근처까지 왔다.

히나코가 책상 위에 펼쳐진 원고를 읽는다……. 호박색 머리카락이 내 팔에 닿아서 아주 조금 간지러웠다.

"여기…… 숫자를 너무 많이 내세워서, 조금 알기 어려울지도 몰라."

"그렇구나……."

도표를 사용할 수 없는 환경에서 숫자를 말해도 와닿지 않나.

연설에서는 프로젝터 등의 사용이 허용되지만, 히나코에게 확인받은 원고는 점심시간용이다. 점심시간은 시간이 짧아 프로젝터를 사용하고 싶지 않다. 텐노지 양도 나리카도 최소한의 휴식은 필요하고, 기기 문제에 대응하기도 어려울 거다.

"역시 이런 프레젠테이션 공부도 하고 있어?"

"응…… 나중에 주주총회 같은 데서 앞에 나설지도 모른다고 하니까."

무시무시한 규모의 이야기다.

멀다…….

아직 도달할 수 있을 것 같지는 않다.

하지만 가야 할 길은 보이고 있다. 초조해하지 말고 착실하게 성장하면 된다. 그렇게 생각하던 참에 스마트폰이 진동하며 전화가

왔음을 알렸다.

“타쿠마 씨다…….”

“우웩…….”

히나코가 질색한 표정을 지으며 이불 속으로 파고들었다.

그렇게나 싫은가…….

『안녕, 이츠키 군.』

“안녕하세요. 무슨 일 있으신가요?”

『오늘부터 선거기간이 시작됐지? 격려도 해줄까 해서 말이야.』

“격려…… 말인가요.”

이 사람이 이런 말을 하면 뭔가 꿍꿍이가 있을 것 같아서 무섭단 말이지…….

『이츠키 군은 부회장을 목표로 하고 있었지?』

“네.”

『그래서, 회장 후보 중 두 명은 자네 친구인가……. 다른 사람도 아닌 이츠키 군이니 말이야. 두 사람의 보좌를 동시에 맡기로 했으려나.』

“맞습니다…….”

역시 다 꿰뚫어 보고 있는 건가.

내 일이라면 몰라도, 이제서 텐노지 양과 나리카가 회장 후보라는 사실까지 아는 걸까. 여전히 이 사람의 정보망은 잘 모르겠다.

『뭐, 코노하나 그룹의 임원이 되려면 그 정도는 해줘야지.』

“저기, 이제 와서 드리는 말인데, 코노하나 그룹의 임원이 되겠다는 목표와 컨설턴트가 되겠다는 목표는 양립할 수 있겠죠?"

『전혀 문제없어. 이러니저러니 해도 세상은 실력주의니까. 이츠키 군이 뛰어난 컨설턴트가 된다면 우리뿐만 아니라 어느 그룹에도 들어가기 쉬워질 거야.』

이러니저러니 해도 세상은 실력주의.

확실히 그럴지도 모른다고, 나는 생각했다. 예전에는 부모나 집안 같은 운의 요소가 강하다고 생각했지만, 끊임없이 노력하는 키오우 학원 학생들을 보며 그런 건 결과로 이어지는 요소의 아주 일부분에 불과하다는 사실을 깨달았다.

운의 요소가 있다는 건 부정하지 않는다. 하지만 실력이 있으면 기회를 잡을 수 있는 것도 사실이다. 세상은 실력이 있는 사람에게 제법 관대하다.

타쿠마 씨가 가능하다고 한다면 두 가지 목표의 양립은 문제없을 거다.

다만 한 가지 우려가 남는다.

"하지만 지난 사회 견학 때 생각한 건데, 외부에서 임원이 되면 원래 그룹에 있던 사람들의 반감을 사지 않을까요?"

『하하하…… 아주 좋아. 질문이 구체적으로 변했는걸.』

덕분에 말이죠.

타이요 건설의 주주총회를 떠올린다. 타이요 건설의 상층부는 스즈키 펀드에 과반수를 점령당했다. 그것이 어떤 결과를 초래할지는 앞으로 조금씩 나타나겠지만, 나는 그때 본, 불안한 타이요 건설 사장의 얼굴을 잊을 수 없다.

『걱정할 것 없어. 그런 건 내가 어떻게든 할 테니까.』

타쿠마 씨는 담담하게 대답했다.

고개를 갸웃거린다. 내 질문을 구체적이라고 칭찬한 것치고는 타쿠마 씨의 답변은 추상적이었다. 마치 말을 흐리는 듯한…….

『이번에는 매니지먼트 게임보다 더 많은 업무량과 싸워야 하겠지. 필요에 따라서 히나코에게 의지하는 것을 추천할게.』

"히나코에게……?"

『히나코의 실무 능력이 뛰어나다는 건 너도 알 거야. 나한테서 얻을 수 없는 것을 잘 흡수하면 돼.』

딱히 히나코에게 부담을 주고 싶지는 않지만, 타쿠마 씨의 말대로 히나코의 실무 능력은 뛰어나다. 예전부터 부러웠다.

선거기간에는 히나코도 평소와 달리 주변에서 그다지 주목받지 않는 모양이니까 피곤해 보이지 않는 타이밍을 봐서 조언을 받아 보자.

『그런데 이츠키 군. 매니지먼트 게임에서는 어떤 것이 빠져 있었지. 그게 뭔지 알겠어?』

갑자기 타쿠마 씨가 내게 물었다.

"아니요……."

『이번 선거에서는 그것이 보이게 될 거야. 극복한다면 너는 더욱 성장하겠지.』

통화가 끊겼다.

마지막 질문의 답은 무엇이었을까? 의문을 남긴 채, 나는 스마트폰을 책상 옆에 두었다.

"이츠키……."

이불을 뒤집어쓰고 있던 히나코가 얼굴을 내밀며 나를 불렀다.

"이츠키…… 코노하나 그룹의 임원을 목표로 하고 있어?"

"어? 아, 말 안 했었나?"

"……말 안 했어."

어라……?

그러고 보니 히나코에게는 말하지 않았던 것 같다.

처음에 타쿠마 씨에게 말하고, 매니지먼트 게임 전반부에 텐노지 양에게 간파당했는데, 그 뒤로는 아무에게도 안 말했던가.

내 입으로 말하기 쑥스러웠던 것도 있다. 히나코를 위해 노력하고 있다는 식으로 받아들여질 수도 있고, 그렇게 생색내듯 말하고 싶은 건 아니었다.

나는 그저, 내가 그러고 싶어서 노력하는 것뿐이라…….

"그, 그건……."

히나코가 머뭇거리며 나를 바라보며 말했다.

"쭉…… 나랑 같이 있어 주겠다는………… 거야?"

슬쩍 시선을 들어서 히나코가 묻는다.

코노하나 그룹의 임원으로서 쭉 일할 거냐는 의미일까? 임원이 되는 건 나에게 최종 목표 같은 것이라 그 이후의 일까지는 생각하지 않았지만…… 해고라도 당하지 않는 한 계속해서 일할지도 모른다.

"뭐, 그렇게 되면 기쁠지도 모르겠네."

그렇게 대답하자 히나코는 얼굴을 새빨갛게 물들이고 방에서 나가려고 했다.

"히나코?"

"……방으로, 돌아갈래."

히나코가 문을 열었다. 그러자 마침 복도를 청소하던 메이드가 이쪽을 돌아보았다. 방으로 안내하는 건 내가 하지 않아도 괜찮을 것 같다.

탁 닫힌 문을 나는 말없이 바라보았다.

대체 무슨 일일까……?

◇

자기 방으로 돌아온 히나코는 곧장 침대에 엎드렸다.

베개를 꼭 껴안으며 아까 이츠키와 나누었던 대화를 떠올린다.

"……으헤헤."

이츠키의 목표가 코노하나 그룹의 임원일 줄은 몰랐다.

높은 목표를 잡은 건 알고 있었다. 대등해지고 싶다고…… 곁에 서고 싶다고도 말해 주었다. 하지만 그 구체적 목표가 설마 코노하나 그룹의 임원이었을 줄이야…….

텐노지 그룹의 임원도, 미야코지마 양의 본가가 경영하는 시맥스의 임원도 아니다.

이츠키가 목표로 하는 곳은 히나코가 있는 코노하나 그룹의 임원이다.

게다가 쭉 함께 있어 주겠다고 말했다.

이런 건…….

(이런 건…… 완전, 프러포즈야……!)

베개를 껴안은 채 결혼식에서 성대하게 축복받는 자신들의 모습을 망상했다.

웨딩드레스를 사자. 아주 예쁜 것으로. 결혼은 빠를수록 좋다. 이참에 학생 결혼은 어떨까?

망상 속 예식장에는 낯익은 얼굴들이 있었다. 텐노지 미레이, 미야코지마 나리카, 히라노 유리. 모두가 자신들의 결혼에 박수를 보내주고 있다.

(내가 이겼어……. 내가 이츠키의 첫 번째……! 역시 내가 정히로인…….)

최근 순정 만화에서 배운 용어를 히나코는 능숙하게 사용하고 있었다.

베개를 힘차게 껴안는다.

오늘은 이제 이대로 자버리자. 지금이라면 최고로 행복한 꿈을 꿀 수 있을 것 같다.

"실례합니다."

눈을 감은 순간, 시즈네가 방으로 들어왔다.

시즈네는 침대에서 자려고 하는 히나코를 보고 입을 열었다.

"아가씨, 슬슬 공부하실 시간입니다만……."

"……오늘은 안 해."

"카겐 님께 혼나실 거예요."

"괜찮아. 아빠는 오늘 본저에 있을 테니까."

빈틈없이 아버지의 행적을 체크하고 있는 히나코였다.

시즈네는 작게 한숨을 쉬었다.

"너무 빈둥거리기만 하시면 이츠키 씨가 실망할 거예요."

최근 시즈네는 이츠키를 들먹이며 히나코를 자극하는 일이 많아졌다. 실제로 이건 매우 효과적이었기에 지금까지의 히나코라면 따랐겠지만——.

"흣."

"……뭡니까, 그 얼굴은."

"이츠키는…… 나를 선택했어. 더는 걱정하지 않아……."

여유롭게 웃는 히나코를 보며 시즈네는 영문을 모르겠다는 표정을 지었다.

"무슨 말을 들으셨나요?"

"……코노하나 그룹의 임원을 목표로 하고 있다고."

그건 시즈네도 어느 정도 짐작하고 있는 일이었다.

매니지먼트 게임이 막 시작되었을 무렵, 이츠키는 처음부터 창업해야 할지 고민하며 추후 경영에 관여하고 싶다면 어떻게 해야 할지 시즈네에게 물어본 적이 있다.

그 후 이츠키는 매니지먼트 게임에서 창업의 길을 선택했지만, 이츠키의 본래 목표는 창업이 아니라 경영자였을 터. 매니지먼트 게임은 그것을 위한 공부에 불과했다. 컨설턴트 일을 시작한 뒤로는 규모가 큰 회사의 컨설팅을 우선해서 처리했기에 이츠키가 나중에 대규모 회사를 경영하고 싶어 한다는 점은 분명했다.

순조롭게 생각하면…… 코노하나 가문의 경영에 참여하고 싶은 것이리라 생각했다.

용기 있는 결단이라고 생각한다. 솔직히 존경할 만하다. 어쩌면 그것을 위해 학생회 임원을 목표로 한 것일까?

눈물겨운 노력이다. 선거기간 정도는 위로해 주자.

하지만 감동하는 시즈네의 눈앞에서…… 히나코는 흐물흐물하게 녹아내린 표정을 짓고 있었다.

"이츠키는…… 쭉, 나랑 같이 있어 주겠다고 했어……."

순순히 감동할 수 없는 상황이었다.

완전히 자신의 세계에서 행복을 곱씹는 히나코에게, 시즈네는 가볍게 헛기침하며 주의를 끌었다.

"방심해서는 안 됩니다."

"……으에?"

완전히 넋이 나간 히나코를, 시즈네는 엄하게 노려보았다.

"이츠키 씨의 마음이 그렇다고 해도, 주변 사람들이 어떻게 움직일지는 별개의 문제입니다. 매니지먼트 게임을 거치며 이츠키 씨는 여러 사람의 주목을 받았지요. 일시적으로 코노하나 그룹의 임원이 될 수 있다고 해도, 다른 데서 스카우트 할 가능성은 충분히 있습니다."

"스, 스카우트……?!"

정말로 있을 법한 이야기다.

히나코도 그것을 아니까 조금 전까지의 여유를 잃고 있었다.

"아가씨도 짚이는 데가 있지 않나요? 이츠키 씨를 노리고 있는, 다른 누군가가."

"……………………………………있어."

히나코는 작은 목소리로 대답했다.

"……………………………네 명 정도."

"좀 많네요……."

시즈네는 이마에 손을 얹었다.

그 남자, 생각보다 인기가 많다.

"참고로, 저기, 누구를 떠올리고 계시는지 여쭤봐도 될까요?"

"히라노 양, 텐노지 양, 미야코지마 양…… 그리고 시즈네."

"네?"

예상외의 인물이 섞여 있었다.

"저 말인가요?"

"그게, 시즈네…… 최근에 이츠키를 빤히 쳐다보는걸……."

그 말을 들은 시즈네에게는 짐작이 가는 구석이 있었다.

코스프레 취미를 이츠키에게 들킨 이후로, 시즈네는 정기적으로 이츠키가 그 비밀을 남에게 누설하지 않도록 당부하고 있다. 특히 옷이나 취미 화제가 들려올 때면, 반드시 이츠키를 한 번 노려보곤 한다.

히나코는 그때의 일을 말하고 있었다.

"아가씨, 그건 말이죠……."

"그건……?"

"아니, 저기……."

"저기?"

형세가 역전되었다.

히나코의 시선을 받으며 시즈네는 눈을 피했다.

"이, 이야기를 되돌리죠."

"……얼버무렸어."

"얼버무리지 않았습니다."

이야기가 더 탈선하는 것을 막았을 뿐이다. 그렇게 자신을 설득하며 시즈네는 말을 이었다.

"아가씨도 아셨을 겁니다. 이츠키 씨는 여기저기서 데려가려고 난리라는 것을요."

"으, 윽……."

입을 다문 히나코에게 시즈네는 말을 이었다.

"다른 분들에게 스카우트 제의를 받은 이츠키 씨가, 지금처럼 나태한 아가씨를 보고 과연 충성을 지킬 수 있을까요? ――아니요. 버림받을 각오를 하셔야 합니다."

"으으, 으으으……."

그만둬야 하는데도 히나코는 망상하고 말았다.

결혼식 후에 자신들은 행복한 나날을 보냈을 터였다. 하지만 그런 행복이 히나코의 마음을 해이하게 만들어 버린 것이리라.

이츠키가 싸늘한 눈으로 이쪽을 본다.

『미안해, 히나코. 나는…… 조금 더 좋은 상사 밑에서 일할게.』

『이, 이츠키이……!!』

온몸이 부르르 떨렸다.

"이츠키이…… 가지 마아……."

기운이 다 빠진 히나코를 보며 시즈네는 한숨을 흘렸다.

사실 그 남자가 히나코에게 그런 식으로 상처를 줄 리가 없다. 조금 정신을 차리게 할 작정으로 주의를 주었지만, 예상보다 효과가 바로 나타나서 조금 너무 겁을 주었나 반성한다.

하지만 할 일은 하게 해야 한다.

과거에 히나코는 중요한 회식 자리에서 3초 룰이라는 버릇없는 짓을 저지른 경험이 있다. 이츠키는 그 책임을 느끼고 몹시 낙담했지만, 사실 시즈네도 똑같이 후회하고 있었다.

"자, 아가씨. 오늘도 힘내죠."

히나코의 곁에 있는 건 시중 담당인 이츠키뿐만이 아니다.

그가 당근을 줄 때야말로 자신은 채찍의 역할을 맡자. 시즈네는 그렇게 결의했다.

2장 키오우 학원의 미래는

선거기간 이틀째.

첫날은 포스터와 전단지로 회장 후보들이 자기 존재를 알렸지만, 둘째 날부터는 연설이 허가된다. 선거 활동이 본격적으로 시작되는 건 바로 오늘부터다.

평소보다 조금 일찍 등교한 나는 교사 1층 복도로 향했다.

복도의 게시판에는 어제와 마찬가지로 회장 후보들의 포스터가 붙어 있다. 하지만 그 포스터 옆에 오늘은 새로운 전시물도 게시되어 있었다.

"안녕, 토모나리 군."

등 뒤에서 들려온 목소리에 뒤돌아보았다.

"미나토 회장님."

"이제 회장이 아니야. 선배라고 불러."

금년도 선거 활동이 시작됨과 동시에 기존 학생회는 해산하는 규정이 있다. 선거기간 마지막 날에 하는 투표를 통해 금년도 학생회 임원이 결정된다. 임원 교체를 원활하게 하려고 작년도 학생회는 일찍 해산한다고 하는데, 막상 미나토 회장에게 그 말을 들으니 조금 쓸쓸하게 느껴졌다.

미나토 회장은 얼핏 보기만 해도 학생회장에 어울리는 위엄의 소유자임을 알 수 있는 사람이다. 하지만 그곳에 이르기까지는 여러 고충을 겪었겠으리라.

마음속으로 '수고하셨습니다' 라고 중얼거렸다. 하지만 그런 내 감상은 아랑곳하지 않고, 미나토 회장은 즐거운 듯 웃고 있었다.

"어떤가, 내가 만든 새로운 코너는."

미나토 회장…… 미나토 선배는 가슴을 펴고 그렇게 말했다.

포스터 옆에는 각 임원 후보의 프로필을 한 장의 커다란 용지에 정리한 것이 붙어 있었다. 제목은 『임원 후보들의 일상 엿보기 코너』……. 미나토 선배가 다음 학생회 선거에서 하고 싶다고 말했던 코너다. 무사히 실천한 모양이다.

"좋네요. 읽을거리도 있고, 선거에 관심을 가질 수 있는 내용이라고 생각합니다."

"당사자에게 그런 말을 들으니 만든 보람이 있군."

나도 취재에 협조한 보람이 있다.

(이렇게 보니 텐노지 양과 나리카는 전혀 다른 패턴으로 생활하고 있는걸.)

두 사람이 평소에 어떻게 지내고 있는지가 간단히 적혀 있다.

아침에는 나리카가 더 일찍 일어나는 모양이다. 나는 나리카가 이른 아침에 도장에서 단련하는 것을 아니까 놀라지 않지만, 다른 학생들은 의외라고 생각하지 않을까? 학교 성적만 따지면 나리카는 텐노지 양에게 뒤처지지만, 그렇다고 해서 나리카가 불성실하게 생활하는 건 아니다.

"어라? 이 마지막에 있는 한마디 코멘트라는 항목…… 원래 있었나요?"

"아아, 그건 자네의 리포트를 보고, 마침 잘됐으니 실어두는 게 좋겠다고 생각했지."

각 후보의 프로필 마지막에 한마디 코멘트라는 항목이 있다.

내 프로필에는 이런 코멘트가 실려 있었다.

『성실한 자세가 주변에 좋은 영향을 미치고 있다. 그 사람의 노력을 보면 자신을 돌아볼 기회를 얻을 수 있다.』

이런 코멘트를 리포트에 쓴 기억은 없지만…….

하지만 기쁜 코멘트다.

나는 키오우 학원에 와서 여러 사람의 영향을 받으며 노력했다. 그런 내 노력이 돌고 돌아 다시 다른 누군가에게 영향을 준 것이라면 자랑스러운 일이다.

"덤으로 이것도 나눠주도록 하지."

그렇게 말하며 미나토 선배는 나에게 신문 같은 것을 건넸다.

"이건 뭔가요?"

"선거 속보다. 매년 학생회는 다음 선거가 시작되면 신문부 같은 활동을 하는 관습이 있어서 말이야. 선거기간 마지막 날까지 교내 여론 조사를 정리한 것을 이렇게 배포하고 있지."

대충 내용을 확인해 본다.

선거 정보가 알기 쉽게 정리되어 있었다. 각 회장 후보의 공약이나 오늘부터 시작되는 연설에 대해서도 가볍게 언급되어 있다.

"첫날에 나눠주면 정보량이 너무 많아서 학생들이 곤혹스러워할 것 같아서 말이야. 쓸데없는 참견이었을지도 모르겠지만."

"아니요. 도움이 됩니다."

첫날에는 임원 후보 발표와 각자의 공약 발표가 이루어졌다. 학생들에게도 조금 생각할 시간을 주는 게 좋을 거다. 나도 단계적으로 정보를 내놓는 것이 좋다고 생각했다.

선거 속보에는 회장 후보 세 명의 지지율도 있었다. 과연…… 이걸 읽으면 지지율 추이를 한눈에 알 수 있는 셈이다.

(현재 상황은 텐노지 양과 나리카의 투톱인가.)

텐노지 양과 나리카가 40퍼센트씩, 나머지 한 명의 후보자가 20퍼센트 정도인 모양이다. 하지만 이건 어디까지나 여론 조사에 참여해 준 사람들의 지지율에 불과하다. 여론 조사의 응답률은 전교생의 50퍼센트 남짓으로, 아직 학생의 절반이 누구에게 투표할지 고민하고 있었다. 50퍼센트의 부동표가 어디로 기울지에 따라 현재 지지율은 얼마든지 격변한다.

"아, 죄송합니다. 저는 이만 실례하겠습니다."

"무슨 용무라도 있나?"

"연설 원고의 최종 체크를 하려고요."

그러려고 조금 일찍 등교한 거다. 다른 후보들 조사도 하고 싶지만, 지금은 시간이 없다.

"소문은 들었지. 자네는 텐노지 양과 미야코지마 양, 두 사람을 동시에 돕는다지?"

"소문이라는 건 그렇게 금방 퍼지는 거군요……."

"그만큼 자네가 주목받고 있다는 거지. 소문이 퍼지는 속도는 당사자가 눈에 띌수록 빨라지니까 말이야. 다들 자네의 일거수일투족이 궁금해서 견딜 수 없는 거겠지."

왠지 일부러 압박하는 듯한 말투였다. 식은땀이 흐른다. 갑자기 주변의 시선을 의식하기 시작했다.

그렇구나……. 주목받고, 기대를 받는다는 건 그만큼 실패도 눈에 잘 띈다는 뜻이다. 이건 지금까지 내가 몰랐던 공포다.

"겁먹은 건가?"

딱딱하게 굳은 내 표정을 보고, 미나토 선배는 꿰뚫어 보듯 말했다.

"권력자에게는 항상 그 공포가 따라다니지. 견딜 수 없다면 사퇴하는 게 좋아."

예전의 나라면 실패하더라도 대단히 눈에 띄지는 않았을 거다.

하지만 지금의 나는 실패하면 그 사실이 곧바로 알려진다. 자칫하면 그것이 계기가 되어 히나코의 곁에 어울리지 않는다는 낙인이 찍힐지도 모른다.

눈에 띄면 띌수록 리스크가 늘어나는 법이다.

히나코나 텐노지 양, 나리카가 평소에 어떤 것을 짊어지고 있는지 조금은 알 것 같았다. 이 중압감을 거추장스럽게 느끼는 사람이 히나코, 정면에서 대한 나머지 너무 심하게 노력했던 과거를 가진 사람이 텐노지 양, 그리고 두려워했던 사람이 나리카다.

내가 지금 짊어지고 있는 것 따위는 이 아가씨들이 짊어진 것에 비하면 훨씬 보잘것없을 거다.

그렇기에 이런 데서 가만히 있을 수는 없다.

"설마요. 저는 겁먹을 여유가 없거든요."
"그런가……."
단순한 허세지만, 이 말은 진짜로 만들어야겠다고 생각했다.
"힘내게. 선거 활동은 이제부터가 진짜니까."
떠나가는 미나토 선배의 뒷모습을 지켜본 뒤, 나는 양손으로 뺨을 치며 기합을 넣었다.

◆

점심시간, 평소처럼 구 학생회관 옥상에서.
"잘 먹었습니다!!"
흡입하듯 식사를 마친 나는 곧바로 도시락통을 정리하고 일어섰다.
"히나코, 미안해! 슬슬 다녀올게!"
"응……. 다녀와."
선거기간에 나는 점심시간과 방과 후 텐노지 양과 나리카를 보좌해야 한다. 당분간 히나코와 함께 지내는 시간이 줄어들 거다.
그래도 이건 장차 히나코의 곁에 서려고 하는 일이니, 장기적으로 보면 더 오랜 시간을 히나코와 함께 보낼 수 있게 될 거다. 시즈네 씨도 그걸 이해하니까 시중 담당인 내가 히나코와 따로 행동하는 것을 허락해 주었다.
그래서 나는 지금 두 사람의 연설을 들으러 가려는 참인데…….

"괜찮아? 여기서 잘 기다릴 수 있어? 연설만 보고 돌아올 거니까, 그때까지 이동하지 마."

"우……. 이츠키, 너무 의심해. 나는 여기서 자면서 기다릴 뿐이니까, 걱정 안 해도 돼."

"하지만…… 화장실 가는 건 괜찮아? 정말 못 참겠으면 저기 구석진 곳에서 몰래……."

"그, 그런 짓 안 해……!!"

괜찮으려나……?

숙녀 모드일 때라면 몰라도, 긴장을 늦춘 원래 상태에서는 여전히 자기가 사는 저택 안에서도 길을 헤매는 것이 히나코다. 여기서 교실까지 혼자 돌아갈 수 있을지도 불안하다. 화장실이 어디 있는지도 모르는 것 아닐까.

여러 가지 불안이 남지만, 시간도 한정되어 있기에 나는 서둘러 운동장으로 향했다.

(먼저 텐노지 양의 연설을 들으러 갈까.)

텐노지 양의 연설은 교사를 나선 곳에 있는 운동장 앞에서 한다. 여기라면 각 교실의 창문에서도 보여서 주목받기 쉽다고 판단한 거다.

연설 장소로 가자, 아직 점심시간이 절반이나 남았는데도 벌써 50명 가까운 학생들이 모여 있었다. 텐노지 양의 연설을 들으려고 서둘러 식사를 마친 것이리라.

미리 설치해 두었던 단상 위에 텐노지 양이 서 있다. 단상은 학교 비품으로, 내가 어제 미리 후쿠시마 선생님께 사용 허가를 받아 두었다.

텐노지 양과 눈이 마주친다.

연설 시작 여부를 묻는 말없는 질문에 나는 고개를 끄덕였다. 50명이나 모였다면 충분하다. 너무 기다리게 해도 준비가 미흡하다고 여겨질 수 있으니 시작하는 게 좋다.

"모여 주셔서 감사해요!"

텐노지 양은 커다란 목소리로 말했다.

마이크는 사용하지 않는다. 만일을 위해 사용 허가는 받아 두었지만, 텐노지 양은 쓰지 않기로 했다. 육성이 박력을 더 전달할 수 있다는 모양이다.

"점심시간이라 시간에 제한이 있으니, 이번에는 짧게 제 전망을 전하겠어요!"

모두가 텐노지 양을 보고 있다.

학생들의 시선 속에서 텐노지 양은 당당하게 선언했다.

"이번에, 텐노지 미레이는 학생회장에 입후보합니다! 제 공약을 한마디로 요약하자면── 누구나 고귀하게 살 수 있는 학교를 만드는 거예요!!"

누구나 고귀하게 살 수 있는 학교. 이것이 텐노지 양의 선거 슬로건이다.

다음은 구체적인 설명을 할 차례다.

"현재, 키오우 학원에서는 집안에 의한 계급이 존재해요. 그 영향으로 좋은 집안의 학생은 당당하게 행동하고, 반대로 그렇지 않은 학생은 어딘가 위축되어 지내고 있는 것처럼 보이지요. 이건

저 자신이 평소 느끼고 있는 문제이며, 1학년 때부터 개선하기 위해 노력해 왔답니다."

텐노지 양의 이야기를 듣고 몇몇 학생이 고개를 끄덕였다——. 나도 그렇다.

처음 텐노지 양과 만났을 때, 나는 반듯이 서서 당당하게 행동하라는 지적을 받았다. 그때의 말이 내가 가슴을 펴는 계기를 만들어 준 거다.

"물론 모두가 대등한 입장에서 대화하는 것이 얼마나 어려운지는 안답니다. 우리의 본가는 많은 사람의 생활을 책임지는 회사를 경영하는 경우가 대부분이지요……. 눈앞에 있는 동급생이 중요한 거래처의 아들, 딸이라고 한다면 평소처럼 행동하긴 어려울 거예요."

텐노지 양은 위축되는 학생들의 처지를 이해한다는 태도를 보였다.

이건 키오우 학원만의 문제다. 어디를 봐도 정치가나 경영자의 자녀들밖에 없다. 이러한 환경에서 진심으로 자유롭게 지낼 수 있는 사람은 한정된다.

"하지만 그건 매너로 보완할 수 있답니다!"

텐노지 양이 힘차게 말한다.

지금부터가 텐노지 양이 주장하는 내용의 본질이다.

"실수해서는 안 된다. 불쾌감을 주어서는 안 된다. 그런 마음을 주체하지 못하니까 위축되는 거예요! 그렇다면 아무리 중요한 상대라도 절대로 실수하지 않는 기술을…… 즉, 매너를 연마하면 되는 거랍니다!"

텐노지 양의 금발이 한낮의 밝은 햇살을 받아 아름답게 빛났다.

"고귀함이란 당당한 태도에 깃드는 법! 그리고 당당하게 행동하는 정신력은 기술로 보완할 수 있답니다! 그러니 제가 학생회장이 된 뒤에는 이 학교에 본격적인 매너 강좌를 개설할 것을 약속하겠어요! 회식 매너는 물론, 어느 사교계에 나가도 부끄럽지 않게끔 몸가짐이나 댄스 강좌도 실시할 거예요!"

본격적인 매너 강좌를 마련한다. 이것이 텐노지 양의 구체적 공약이다.

키오우 학원의 학생들에게는 수요가 많이 있을 거다. 실제로 나도 텐노지 양에게 매너를 배워 큰 도움을 받은 경험이 있다.

참고로 텐노지 양이 계획하는 강좌는 희망자 한정으로 수강할 수 있는 데다 방과 후에 진행할 예정이므로, 학교의 수업 계획을 어지럽히는 건 아니다. 미리 교사들과 상담하여 이러한 형태로 가닥을 잡은 거다. 자세한 내용은 방과 후 연설에서 이야기한다.

"이상이 제 공약인데…… 마지막으로, 제가 왜 이러한 공약을 생각하게 되었는지를 여러분께 설명하겠어요."

텐노지 양이 나를 힐끗 보았다.

응……?

연설 원고에는 없던 이야기다.

도대체 무슨 말을 하려는 걸까?

"어느 날, 저는 한 명의 동급생과 만났습니다."

텐노지 양은 이야기를 시작한다.

"그 학생의 첫인상은 겁먹은 강아지 같았지요. 몸을 움츠리고, 시선을 이리저리 돌리며…… 알기 쉽게 위축되어 있었답니다. 그래서 저는 그 학생에게 자세를 반듯이 하라고 지적했지요."

텐노지 양이 과거에 있었던 일을 이야기한다.

나는 어렴풋이 그 에피소드에 짐작 가는 구석이 있었다.

"신기한 인연이 있어, 그 학생과는 함께 지낼 기회가 많아졌어요. 서로가 서로를 높여주는 관계로도 발전하여…… 어느덧 그 학생은 제가 다시 봐야 할 정도로 훌륭한 인물로 성장했답니다."

텐노지 양은 진심으로 기쁜 듯이 말했다.

"그 학생을 보며 저는 생각했답니다. ——그렇다면 다른 사람들도 할 수 있지 않을까 하고. 기품이라는 건 태생이 아니라 노력으로 얻을 수 있는 것이 아닐까 하고."

그 말 뒤에 숨겨진 텐노지 양의 진심을 알아채고…… 나도 모르게 눈시울이 뜨거워졌다.

만약 기품이라는 것이 타고나는 것이라면…… 양자인 텐노지 양에게 있을 수가 없다.

텐노지 양은 마치 나만이 전례인 것처럼 이야기하고 있지만, 그렇지 않다. 최초에 노력으로 기품을 거머쥔 건 텐노지 양이다.

나는 텐노지 양의 흉내만 낼 뿐이다.

"그래서 저는 결심했답니다! 여러분께 노력하기 위한 무대를 마련하겠다고! 제가 이 배움의 터전을 누구나 고귀하게 살 수 있는 학교로 만들어 보이겠어요!"

텐노지 양이 연설을 마무리하자 큰 박수 소리가 울려 퍼졌다.

완벽하다. 텐노지 양의 카리스마를 최대한으로 발휘한 연설이다.

(역시 텐노지 양의 개성을 살린 게 정답이었어.)

나는 고귀함이라는 말이 연설에서 사용하기 모호하고, 전달하기 어려울지도 모른다고 고민했다. 하지만 발언자가 텐노지 양임을 고려하면 문제없다고 생각했다. 애초에 텐노지 양은 이 학교에서 고귀함의 상징이라고 해도 과언이 아니다. 고귀함이란 무엇인가, 기품이란 무엇인가…… 그런 의문이 생겨도 눈앞에 있는 텐노지 양을 보면 답을 바로 알 수 있는 거다.

즉, 텐노지 양이 내거는 공약이란—— 텐노지 양 같은 사람이 되고 싶다고 생각하는 사람들의 소원을 들어주는 거다.

그러니 텐노지 양을 돕기 위해 내가 생각해야 할 건 단 하나.

모두가 텐노지 미레이라는 인물을 동경하게 만드는 거다.

"수고하셨습니다, 텐노지 양."

모여든 학생들에게 한바탕 인사를 마친 텐노지 양에게, 나는 위로의 말을 건넸다.

"토모나리 씨! 내 연설은 어땠나요?!"

연설이 끝난 직후이기도 해서, 조금 흥분한 기색이다.

반응이 좋았다고 느꼈으리라……. 그건 나도 마찬가지다.

"완벽하다고 생각합니다. 원고와는 조금 다른 이야기가 있어서 그 부분만 당황했지만……."

마지막에 이야기한 내용을 언급한 거다.

내 착각이 아니라면…… 그건 나와 텐노지 양의 이야기일 거다.

텐노지 양은 뺨을 붉게 물들이며 시선을 피했다.

"그, 그것이 내 진심이에요."

"저기, 영광입니다. 설마 그런 식으로 생각해 주셨을 줄이야."

"흥, 뻔히 보이는 거짓말은 그만두셔요. 내가 당신의 영향을 많이 받은 것 정도는 다 알면서……."

텐노지 양이 부끄러운 듯이 말해서 왠지 나까지 부끄러워졌다.

영광인 정도가 아니다. 설마 내가 계기가 되어 이번 공약이 태어났을 줄은…….

기쁘기도 하고, 몸이 간질거리는 기분이다.

연설이 잘 풀려서 그만 이것저것 이야기하고 싶어지지만, 나는 다음에 나리카의 연설도 들으러 가야 한다. 슬슬 본론으로 들어가자.

"연설은 대성공이라고 생각합니다. 다만 구체적인 방안인 매너 강좌나 댄스 레슨의 이미지가 아직 잘 전달되지 않은 분위기니까 방과 후 연설에서는 예정대로 프로젝터를 사용해 보죠."

"그래요. 레슨 내용을 영상으로 전달하는 작전이군요."

그렇다. 각 레슨의 영상은 이미 준비가 끝났다. 매너 강좌가 실현되었을 때, 텐노지 양은 자신의 인맥을 이용해 특별 강사를 외부에서 초빙할 예정이다. 그 특별 강사에게 연락을 취한 결과, 참고 자료로서 영상을 입수할 수 있었다.

"토모나리 씨는 다음에 미야코지마 양의 연설을 들으러 가는 거죠?"

"네."

고개를 끄덕이자, 텐노지 양은 대담한 미소를 지었다.

"전력으로 보좌해 주셔요. 그래야 나도 의욕이 생기니까요."

"알겠습니다……."

텐노지 양은 공정한 승부를 원하고 있었다.

고귀한 사람이다. 나는 다시금 그렇게 생각했다.

◆

나리카의 연설은 체육관 앞에서 한다. 마침 텐노지 양의 연설 장소와는 교사를 사이에 두고 정반대 위치다. 운동장 앞은 교실 창문으로 내다볼 수 있지만, 체육관 앞은 복도 창문으로 내다볼 수 있어서 조건이 좋은 위치다.

발걸음을 재촉해 체육관 앞으로 향하자, 이미 학생이 많이 모여 있었다. 점심시간이 시작된 지 이미 40분은 지났다. 점심을 다 먹은 사람이 많은 것이리라, 모인 인원은 텐노지 양 때보다 많아서 대략 60명 정도는 되었다.

"2학년 B반의 미야코지마 나리카다! 오늘은 이렇게 모여 주어서 고맙다!"

나리카가 연설을 시작했다.

나리카도 마이크는 사용하지 않는다. 폐활량에는 자신이 있으니까 마이크는 필요 없다고 했는데, 확실히 잘 퍼지는 목소리다. 무도로 단련한 심신이 연설에서 빛을 발하고 있다.

"내가 학생회장이 되면, 이 학교를 자신을 바꿀 수 있는 곳으로 만들고 싶다!"

나리카는 자신의 마음을 담은 공약을 입에 담았다.

"나도 그렇지만, 키오우 학원 학생은 레일 위에 놓인 인생을 걷고 있다고 생각한다. 집안의 후계자, 결혼, 직업 선택…… 장래에 어떤 사람이 될지가 대체로 정해져 있는 건 우리가 안심할 수 있는 장점이자, 어딘가 거북한 단점이기도 할 거다."

연설을 듣는 학생들이 더욱 진지한 표정을 지었다. 다들 나리카가 방금 한 말에 짚이는 구석이 있는 것이리라. 자기 일일지도 모르고, 소중한 친구의 일일지도 모른다.

키오우 학원 학생은 견고한 레일 위에서 살고 있다. 아이러니하게도 집안이 좋을수록 그 레일은 튼튼해서 좀처럼 벗어날 수가 없다.

"내 장래는 이거니까…… 그런 이유로 무언가를 포기한 경험은 없을까? 나는 그것을 무척 아까운 일이라고 생각한다. 마음속으론 변하고 싶다고 생각해도 먼저 포기하는 것은 미래가 훤히 보이는 우리만의 문제다."

연설 원고를 읽고, 나도 확실히 그럴지도 모른다고 생각했다.

지금 생각하면…… 나에게는 인생의 레일이 없었기에 이토록 마구잡이로 노력할 수 있었던 게 아닐까. 부모님이 사라지고, 학교에도 다닐 수 없게 되어 앞이 깜깜했다. 그래서 변해야 했다. 내게는 나 자신을 바꾸고 싶다고 생각했을 때 족쇄가 될 것이 전혀 없었다.

그래도 나는 극단적인 사례라고 생각하기에, 다른 사람들이 이 정도로 자유로운 처지가 되어야 한다고는 생각하지 않는다. 다만 레일 위에는 없는 자유를, 나는 아주 조금 알고 있다.

“과거에, 나는 변해야 했다.”

나리카는 자신의 처지를 이야기한다.

“하지만 어떻게 하면 될지 몰라서 오랫동안 고생했다……. 그런 나를 여러 사람이 도와주었지. 나는 여러 사람의 도움을 받고, 신뢰를 받고, 그리고 마침내 용기를 쥐어짜 변할 수 있었다……. 그래서 나는, 이것을 다른 사람들도 경험해 보길 바란다.”

나리카가 모여든 학생들을 본다.

씩씩한 눈빛이 연설을 듣는 우리의 마음에 확 와닿았다.

“내가 학생회장이 된 뒤에는 이 학교에 살롱을 만들겠다!”

공약의 상세 내용을 설명하는 나리카.

“교류가 사람을 바꾼다! 그것이 내 생각이다! 다행히 이 학교에는 다양한 분야에 정통한 사람들이 있다. 그런 사람들과 교류함으로써 자기 자신에게 부족한 점을 되돌아보고, 보완할 방법을 배울 수 있다! 서툰 분야의 극복이나 새로운 분야에 대한 도전…… 그런 것들을 하기 쉬운 환경을 내가 만들어 보이겠다!”

키오우 학원에는 각 업계를 견인하는 대기업 임원의 자녀들이 모였다. 즉, 각 업계 전문가의 꿈나무들이 많이 있는 셈이다. 그중에는 꿈나무는커녕 이미 일선급인 사람도 있겠지. 매니지먼트 게임은 바로 그것이 드러나는 행사였다.

그들과의 대화가 유의미하다는 건 모두가 상상할 수 있을 거다. 그렇다면 그 대화를 더욱 활성화하는 것에는 큰 가치가 있다.

"자신을 바꾼다고 해서 거창하게 받아들일 필요는 없다. 성적을 올리고 싶다, 스포츠를 잘하고 싶다, 인맥을 넓히고 싶다…… 그런 것도 자신을 바꾸는 일이다. 변하고 싶다는 마음을 공유할 수 있는 동지를 찾기 위해서도, 살롱은 유용할 것으로 본다."

열변을 토하는 나리카에게, 학생들은 완전히 몰입해 있었다.

"솔직히 말하겠다. 나는 다른 사람과 엮이는 것이 서툴다……."

나리카는 양손으로 뺨을 만지며 입꼬리를 쭉 올리고 말했다.

"대화가 특기가 아닌 데다 긴장하면 표정이 딱딱해지는 버릇이 있다……. 그래서 과거에는 많은 사람에게 오해를 사고 말았지. 여러분도 한 번쯤은 들어본 적이 있을 거다. 미야코지마 나리카는 폭주족이다, 불량학생이다 같은 말을."

여러 학생이 어색한 표정을 지었다.

나리카는 그 소문을 남 탓으로 돌리지 않고 자신의 미숙함이 원인이라고 고백했다. 그런 지금의 나리카를 보고도 과거의 소문을 믿는 자는 없을 거다.

"하지만 방금 말했듯, 나는 사람과 기회를 잘 만나서 나 자신을 조금씩 바꿀 수 있었다. 학생회장을 지망하는 것도, 작년의 나라면 생각지도 못했을 일이다."

나리카가 이 자리에 서는 것을, 반년 전까지 누가 예상했을까.

소문 때문에 나쁜 의미로 눈에 띄었던 나리카는 쭉 주목받은 만큼 뜻하지 않게 자신의 변화를 많은 사람에게 보여줄 수 있었다.

나리카의 발언에는 강한 설득력이 있다.

"사람은 변할 수 있다. 그 근거는 나 자신이다……. 아직 첫걸음을 내딛지 못한 사람에게 전하겠다. 나와 함께, 용기를 내보지 않겠나?"

마지막에 나리카는 모두에게 제안하듯 말을 꺼내고――.

"이상으로, 연설을 마치겠다."

연설을 마무리한 나리카에게 성대한 박수가 보내졌다.

좋은 연설이었다. 편애하는 마음을 빼고 봐도 그렇게 생각한다.

나는 나리카가 청중에게 간단히 인사를 마친 것을 보고 나서 가까이 다가갔다.

"나리카."

"이츠키……."

나를 알아챈 나리카는 왠지 모르게 진지한 표정을 지었다.

"이츠키, 장소를 옮기자."

"응? 아아, 그러자."

차분해진 곳에서 이야기하는 게 좋겠다고 생각해 나리카를 따라가는 형태로 이동한다.

체육관 뒤…… 인적이 없는 그늘까지 이동한 뒤, 나리카는 이쪽을 돌아보았다.

"나리카, 수고했어. 처음부터 연설 듣고 있었는데――."

"무, 무무무무무, 무서웠어~~~~~~~~!!"

나리카가 울상이 되어 내게 매달렸다.

아아…… 그래서 장소를 옮긴 건가.

사람은 쉽게 변하지 않는다. 방금 나리카가 연설에서 말한 대로, 나리카는 지금도 달라지는 중이다.

하지만 그렇기에 나리카는 사람이 변하기 쉬운 환경을 만들기로 결심했다.

자기 자신을 바꿀 수 있는 학교로 만든다——. 변화의 훌륭함과 어려움, 양쪽 모두를 알고 있는 나리카만의 공약이다.

"멋있었어."

"정, 정말인가……? 이젠 뭘 말했는지 기억도 안 나……!!"

"필요한 건 전부 잘 말했으니까 괜찮아."

아니, 오히려 원고 이상으로 연설을 잘했다.

딱히 의식해서 하는 건 아니라고 생각하지만, 나리카의 자연스러운 일거수일투족이 연설과 어우러져서 내용이 머릿속에 잘 들어왔다. 자신의 처지를 이야기할 때, 양손으로 입꼬리를 끌어올렸을 때 같은 부분이다.

텐노지 양은 이런 상황에 익숙해서인지 마지막에 원고에 없는 애드리브를 넣었지만, 이건 잔재주가 아니기에 참고하기 어렵다. 텐노지 양에게는 텐노지 양만의, 나리카에게는 나리카만의 장점이 있기에 연설에서 각자의 개성이 드러난다.

두 사람은 어디까지나 학생회장으로 뽑히기 위해 경쟁하는 것이지, 딱히 연설 실력을 겨루는 건 아니다. 하지만 막상 눈앞에서 듣고 있으면 그저 연설을 잘한다는 것만으로도 마음을 빼앗길 것 같아진다. 연설을 통해 뿜어져 나오는 카리스마는 이성이 아니라 본능에 호소하는 무언가가 있었다.

이성과 본능 중 어느 쪽에 따라 투표할지, 그 선택권은 학생 한 사람 한 사람에게 달렸다. 그렇다면 본능을 따르는 학생들을 위해서라도 연설은 잘해서 나쁠 것이 없다.

나도 연설에 대해 조금 더 공부하는 게 좋겠군…….

학생들이 이성만으로 표를 줄 것이라고 기대해서는 안 된다.

"이츠키, 나는 조금 더 힘낼 거다!"

나리카가 의욕을 불태웠다.

"모두 앞에서 선언했다. 함께 자신을 바꾸자고……. 나는 그 선언을 절대로 거짓으로 만들고 싶지 않아!"

눈에서 투지를 불태우는 나리카를 보고, 나는 왠지 감동했다.

"정말이지, 여기까지 자신을 잘 바꿨구나."

나리카에게는 아직 변화하는 중이겠지. 하지만 내가 보는 나리카는 이미 훌륭한 변화를 이루어냈다.

미간 근처를 누르며 어떻게든 눈물을 참으려 한다.

그런 나를 보고 나리카는 쓴웃음을 지었다.

"이츠키에게는 여러모로 폐를 끼쳐 버렸네."

"아아…… 인싸 흉내를 내던 시절이 떠올랐어."

"그, 그건 잊어줘……!!"

나리카에게는 흑역사인지 얼굴을 새빨갛게 물들였다.

나는 은근히 잘 어울렸다고 보는데…… 안 말하는 게 좋겠지.

"슬슬 점심시간이 끝나니까, 간단하게 개선점만 전달해 둘게."

나리카의 표정이 진지한 것으로 바뀌었다.

"가끔 시선이 아래로 내려갈 때가 있으니까, 조금만 더 앞을 보는 게 좋아. 그리고 시간에 딱 맞춰서 연설을 진행해 준 건 고맙지만, 청중의 반응에 따라서는 조금 숨을 고를 틈을 만들어도 좋다고 생각해. '나는, 사람과 엮이는 것이 서투르다' 같은 부분에서 그럴 수 있겠지."

"알았다……. 고마워. 제대로 지켜봐 주었구나."

"응. 나도 연설은 초보니까, 솔직히 모색하는 수준의 조언이지만 말이야."

하지만 공약에 관해서는 매니지먼트 게임에서 배운 컨설팅 업무와 통하는 점도 있기에, 다소 구체적인 이야기도 할 수 있다.

공약 설명이란, 다시 말해 사업 계획의 프레젠테이션이다.

그거라면 나도 매니지먼트 게임에서 몇 번이나 경험해 보았다.

"공약의 구체적인 방안인 살롱에 관해서는 조금 더 설명하는 게 좋겠어. 장소는 어디에 둘지, 규모는 어느 정도인지, 취식은 가능한지, 개방 시간은 몇 시부터 몇 시까지인지…… 그런 정보를 듣는 사람들이 두근거릴 수 있도록 차근차근 설명하자."

"알았다……. 사실은 더 많은 사람이 모여 줄지도 모른다는 생각에 시작하는 시간을 조금 늦춰 버렸다. 그 폐해로 일부 설명을 생략하고 말았군."

"어쩔 수 없지. 뭐, 일장일단이 있는 판단이라고 생각해. 오늘은 텐노지 양의 연설을 먼저 들으러 갔지만, 내일은 나리카부터 들을 거니까 다음번엔 나도 같이 생각할게."

나는 처음부터 이 현장에 있었던 것이 아니기에 나리카의 판단이 옳았는지 어땠는지는 알 수 없다. 실제로 연설을 시작하는 시간을 늦췄기에 이 정도 인원이 모인 것이리라.

"이츠키, 방과 후에는……."

"예정대로 세 번째 후보를 정찰하고 올게……. 두 사람의 서포트는 전단지를 돌릴 때와 마찬가지로 다른 사람들에게 맡겨 두었으니까 괜찮아."

텐노지 양에게는 스미노에 양, 나리카에게는 키타가 각각 나 대신 살펴줄 거다.

이번 연설을 듣고 느낀 개선점은 스미노에 양과 키타에게도 공유해 두어야 한다. 방과 후에는 바로 정찰을 시작하고 싶으니, 다음 쉬는 시간에라도 전달하러 가자.

교실로 향하던 도중, 교사 1층 복도에서 포스터를 보았다.

텐노지 양, 나리카의 포스터 안쪽에 한 장의 포스터가 더 붙어 있다.

세 번째 회장 후보—— 죠토 렌.

오늘 아침, 미나토 선배가 배포한 선거 속보에 당사자의 정보가 적혀 있었다.

죠토 렌은 정치가의 아들인 듯하다.

◆

방과 후, 내가 교문 앞으로 가자, 그곳에는 이미 인파가 몰려 있었다.

(여기군.)

전단지에 있던 죠토 렌의 연설 장소는 여기일 터.

인파가 많다. 점심시간과 달리 방과 후에는 학생들에게 시간적으로 여유가 있으니 당연하지만, 점심시간의 텐노지 양이나 나리카의 연설 때보다 더 많은 사람이 모였다.

게다가 알고는 있었지만, 방과 후 연설에는 딱 좋은 장소다.

교문 앞이라면 하교하는 모든 학생의 눈에 띈다.

연설 장소는 회장 후보 및 그 보좌가 매번 선생님께 신청해서 결정하지만, 신청한 장소가 겹칠 때는 선착순으로 정해진다. 우리는 처음에 늦게 움직여서 오늘 교문 앞은 이미 선점당해 있었다.

연설이 시작되는 오늘은 연설에 대한 학생들의 관심도 가장 큰 날이다. 가능하다면 이날 눈에 띄는 장소에서 연설하고 싶었다. 텐노지 양과 나리카, 누구의 보좌를 맡을지 내가 고민하고 있지 않았다면 이 장소를 잡을 수 있었을까……? 후회하지 않을 수 없다.

나는 심호흡하고 머리를 식혔다. 다 지나간 일로 후회해 봐야 소용없다. 적어도 다른 부분에서 만회하는 것이 내 사명일 거다.

연설을 듣기 위해 인파로 들어갔다.

세 번째 회장 후보—— 죠토 렌에 관해 선거 속보로 얻은 지식을 머릿속으로 정리했다.

학급은 2학년 E반. 거물 정치가 가문에서 태어난 장남인 듯하다. 할아버지는 매니지먼트 게임 개회식에도 왔었던 경제산업부 장관이고, 아버지도 정계에 입문했다고 하던가.

집안만 생각하면 수완가라는 인상을 받는다.

하지만 사실 본인은…… 동급생들 사이에서 이렇다 할 소문이 별로 없는 인물이었다.

죠토 렌이 어떤 인물인지 알고 싶기에 나는 최대한 인파 앞쪽으로 향했다.

그러자 눈앞에 아담한 소녀의 뒷모습이 나타났다.

"어라, 아사히 양?"

"어, 토모나리 군?"

뒤돌아본 아사히 양은 눈을 동그랗게 뜨고 놀랐다.

"와 있었군요."

"으, 응……. 토모나리 군은 어째서 여기에? 텐노지 양과 미야코지마 양의 연설도 지금쯤 시작했을 것 같은데."

"그쪽은 다른 사람에게 맡기고, 저는 정찰하러 왔어요."

"그, 그렇구나……."

왠지 아사히 양의 반응이 이상하다.

평소라면 조금 더 시원시원하게 말할 텐데, 지금은 아무래도 거동이 수상하다.

기분 탓일까……?

"사람이 많네요. 그런 것치고는 아는 사람이 안 보이지만……."

"그럴 수밖에 없어……. 여기에 모인 건 대부분 1학년일 거야."

아사히 양이 인파를 둘러보고 말했다.

그랬던 건가. 하지만 그렇다면 어째서 청중이 1학년에 쏠려 있는지 의아하게 생각된다.

죠토의 공약은 선거 속보를 통해 확인했지만, 1학년에게 특별히 고마운 내용은 아닐 터다.

오히려 죠토의 공약은—— 어느 학년에서 봐도 이단이다.

“난 점심시간에 텐노지 양의 연설을 들으러 갔는데, 진짜 좋았어. 원고는 토모나리 군이 쓴 거지? 알아듣기 쉽게 완성된 것 같아.”

“감사합니다. 같은 자리에 있었다면 말을 걸어도 됐는데요?”

“아니, 방해하면 미안할 것 같아서. 참고로 타이쇼 군은 미야코지마 양의 연설을 들으러 갔던 모양인데, 나랑 똑같은 감상이었대.”

“감사합니다.”

처음에 반응이 이상하다고 생각했지만, 대화하는 동안 평소의 아사히 양으로 돌아왔다.

하지만 아사히 양도 타이쇼도 배려해서 말을 걸지 않았을 뿐, 유세장에는 왔었던 모양이다. 배려해 줘서 고맙지만, 다음부터는 사양하지 말고 말을 걸어달라고 하자. 그러면 텐노지 양과 나리카도 기뻐하겠지.

“토모나리 군. 부회장 후보의 일은 역시 힘들어?”

“그러네요. 지원할 상대가 한 명이어도 힘들었을 것 같아요.”

“그렇구나……. 하긴, 그렇겠지.”

아사히 양이 침묵했다.

역시 평소와는 조금 다른 느낌이다.

원인이 뭔지는 모르겠지만…….

“모여 주셔서 감사합니다.”

목소리가 울려 퍼지고, 우리는 앞을 향했다.

마이크를 사용한 음성이다. 인파 때문에 잘 보이지 않지만, 전

방에 스피커가 있는 것이리라.

"이번에, 학생회장에 입후보하게 된, 쇼토 렌입니다."

단상에 서 있는 건 조금 긴 머리를 아무렇게나 늘어뜨린 남학생이었다.

저 학생이 텐노지 양과 나리카의 경쟁자—— 쇼토 렌.

"제 공약은——."

마이크를 잡은 쇼토는, 청중들을 향해 확실하게 고했다.

"——키오우 학원의 서민화입니다."

◆

쇼토 렌의 연설이 끝난 뒤.

"후우……."

나도 모르게 한숨을 내뱉었다.

다른 학생들도 비슷한 느낌이었다. 그 한숨이 감탄에 의한 것인지, 아니면 피로에 의한 것인지, 혹은 당혹감인지, 혐오인지……. 어느 쪽이든, 청중 한 명 한 명이 쇼토의 연설에 충격을 받은 건 틀림없다.

쇼토의 주장은 키오우 학원 학생들에게 폭탄으로도 여겨질 법한 것이었다.

"엄청났네……."

"네……."

아사히 양도 충격을 받은 모양인지, 우리는 인파가 해산한 뒤에도 한동안 그 자리에 멍하니 있었다.

"잠시 정보 정리를 도와줄 수 있나요?"

"응, 나라도 괜찮다면."

나는 머릿속을 정리하려고 정보를 하나하나 꺼내 보기로 한다.

"우선, 쵸토 군이 내거는 공약은 키오우 학원의 서민화."

아사히 양이 고개를 끄덕인다.

"언급하고 있는 문제점은…… 이 학교 학생들이 세상 물정을 모른다는 것."

아사히 양이 다시 고개를 끄덕였다.

"뭐랄까, 머리를 한 대 얻어맞은 듯한 충격이었어……. 우리는 외부 사회에서 써먹을 수 없다는 게 쵸토 군의 의견이었지."

아무리 그래도 쵸토도 전혀 써먹을 수 없다고는 말하지 않았다.

정확하게는 이런 식으로 말했었다. ——키오우 학원 학생은 세상 물정을 몰라서 사회에 나가면 종종 일반인의 발목을 잡는 일도 있다고.

이것만으로도 키오우 학원 학생들은 도저히 받아들이기 힘든 말이다.

"실제로 발생한 사건도 언급했었죠. 키오우 학원의 졸업생이 부하를 하인처럼 다룬 결과, 직장 내 괴롭힘으로 판단되어 해고되었다던가……."

"나도 그걸 들었을 때는 놀랐어. 그런 이야기는 지금까지 한 번도 들어본 적이 없는걸……. 하지만 신문에 실렸다면 정말로 있었던 일이겠지."

죠토는 이 설명을 하면서 신문을 손에 들고 우리에게 보여주었다. 그 신문은 죠토가 서 있던 단상 위에 지금도 놓여 있다. 정 궁금하다면 자유롭게 확인하면 된다는 뜻이었다.

위조일 가능성은 없다. 키오우 학원 학생들은 모두 영리하다. 분명 오늘 죠토의 연설을 들은 학생 중 절반 이상은 이 신문에 실린 사건을 조사해 볼 거다. 나 역시 저택에 돌아가서 조사해 볼 생각이다.

죠토는 이 직장 내 괴롭힘의 원인이 키오우 학원의 교육에 있다고 주장했다.

그것이 억지인지 어떤지는 검토할 여지가 있지만…… 중요한 건 설득력의 유무.

죠토의 연설에는 구체적이면서도 알기 쉬운 공약도 있어 설득력이 있었다.

"세상 물정을 모르는 점을 바로잡기 위해, 키오우 학원 학생들이 서민 문화에 익숙해지게 한다. 그것이 죠토 군이 하고 싶은 일. 구체적인 방안은 동아리 활동 도입, 직장 체험 실시, 그리고……."

"입학 조건에서 출신이라는 항목을 삭제하는 거네."

나는 고개를 끄덕인다.

요컨대 죠토의 공약인 키오우 학원의 서민화란── 서민들의 마음을 알기 위해서라도 서민과 똑같이 해라! 라는 주장이다

(근일인길.)

텐노지 양과 나리카의 보좌인 내가 이런 걸 생각해선 안 된다.

해서는 안 된다고 생각하면서도, 자꾸 생각하게 된다.

죠토 렌의 공약에는―― 일리가 있다.

마음속으로 그 공약이 지극히 합당하다고 생각했다.

그건 내 정체가 서민이기 때문이리라.

서민 사회에서 나고 자란 내가 이 학교에 와서 느낀 충격은 전부 선명하게 떠올릴 수 있다. 금전 감각, 사용인이 있는 것을 전제로 한 행동…… 지금이야 익숙해졌지만, 처음에는 모든 것에 당황했었다.

죠토의 주장은 이런 입장인 내게 확 꽂혔다.

이 학교의 누구보다도, 내 마음에 강하게 와닿았으리라.

하지만――.

"아사히 양은, 죠토 군에 대해 뭔가 들은 게 있나요?"

"예를 들면?"

"코노하나 양이나 텐노지 양, 나리카처럼, 이 학교에서도 유독 눈에 띄는 무언가가 있다…… 같은 소문이요."

"으~음, 죠토 군의 그런 이야기는 들어본 적 없는 것 같아."

발랄하고 친근한 아사히 양은 친구가 많다. 그런 아사히 양이 들어본 적 없다고 한다면 다른 사람들도 마찬가지일 거다.

연설 내용에서는 일단 벗어나, 회장 후보인 죠토 렌이라는 남학생에 대해 생각한다.

그 주장은 정말 충격적이었다. 하지만 어디까지나 내 개인적 인상에 불과하지만, 연설을 들은 뒤의 이미지는…….

(뭐랄까, 생각보다 존재감이 없었지.)

목소리에 패기가 있는 것도, 표정이 절실했던 것도 아니다.

쇼토는 어디까지나 담담하게 이야기하고 있었다……. 솔직히 말해서 나는 쇼토의 연설에서 텐노지 양이나 나리카에게 있는 신념 같은 마음을 느끼지 못했다.

"카리스마 면에서는, 두 사람에게는 뒤처질지도 모르겠네."

아사히 양도 나와 비슷한 소감인 듯했다.

"그래도 폭탄 같은 공약을 준비했으니까…… 화제성에서는 텐노지 양과 나리카에게도 뒤지지 않겠네요."

"응, 나도 그렇게 생각해."

아사히 양이 동의한다.

"사실, 나도 쇼토 군의 공약은 일리가 있다고 생각하고——."

"——남 일처럼 생각하는 겁니까?"

아사히 양의 말을 가로막듯 낯선 남학생이 말을 걸었다.

누구지?

어느샌가 근처에 있던 그 학생에게 나는 고개를 갸웃거린다. 중앙에서 가르마를 탄 머리와 은테 안경이 지적인 분위기를 내는 남학생이다. 체형은 날씬하고, 키는 나보다 아주 조금 작다.

그 남학생은 아사히 양을 노려보고 있었다.

"학교에서 대화하는 건 처음일지도 모르겠군요."

"그렇네……."

"여전히 비겁한 사람이군요. 끝까지 자신은 상관없다고 잡아뗄 셈입니까?"

"딱히, 그럴 생각은……."

시선을 떨어뜨리는 아사히 양에게, 은테 안경의 남학생이 한숨을 쉰다.

이어서 그 남학생은 내 쪽을 보았다.

"토모나리 이츠키 선배죠? 소문은 들었습니다."

"흠……."

무슨 소문일까?

"처음 뵙겠습니다. 쥬토 선배의 보좌를 맡고 있는 아사히 린타로입니다."

그렇게 말하며 그 남학생은 내게 악수를 청했다.

"같은 부회장 후보로서, 앞으로 잘 부탁드립니다."

악수에 응하자, 그 남학생은 조용히 웃었다.

발걸음을 돌려 떠나가는 남학생의 뒷모습을 바라보며, 나는 두 번째 부회장 후보에 대해 알고 있는 정보를 떠올렸다.

타이쇼가 말했었다. 소문에 따르면 다른 부회장 후보는 1학년이라고. 우리를 선배라고 부른 것으로 보아 그 소문은 맞았던 모양이다.

하지만 지금 내가 신경 쓰이는 건…….

"……아사히 양, 혹시 저 사람은."

아사히 양은 어딘가 거북한 기색으로 고개를 끄덕였다.

"아사히 린타로……. 내 동생이야."

◆

다음 날, 토요일.

코노하나 저택의 담화실에 평소 멤버들이 모였다.

"——그런고로!"

테이블에 인원수만큼의 홍차가 다 놓인 것을 보고, 텐노지 양이 기분 좋게 웃는다.

"오늘은 코노하나 히나코의 저택에서 티파티예요~~~~!!"

"시, 실례하겠습니다!"

"예이!!"

"신난다——!!"

나리카, 아사히 양, 타이쇼도 분위기에 맞춰 밝게 웃었다.

"여러분, 편히 지내다 가세요."

히나코도 부드럽게 미소를 지었다.

타이쇼와 아사히 양이 그 아름다운 자태에 넋을 잃는다. 그것을 보고 텐노지 양이 질투할 줄 알았는데, 오늘만큼은 그런 것 없이 즐거운 기색이었다.

"장소를 제공해 준 코노하나 히나코에게 감사해요. 그리고…… 기획해 준 토모나리 씨에게도 다시 한번 감사를."

텐노지 양이 그렇게 말하자 모두가 박수를 보내주었다.

"아뇨, 그건…… 과장이세요."

정말 과장이지만, 나도 이 기획은 하길 잘했다고 생각하고 있다.

어째서 코노하나 저택에서 티파티 중이냐고 하면…… 우리의 선거에 나쁜 영향을 미치지 않기 위해서였다.

나를 포함해 이곳에 있는 사람들은 고귀한 티파티라는 조금 부끄러운 이름으로 키오우 학원 내에 알려져 있다. 이름의 유래는 말 그대로 평소에 자주 하는 다과회(티파티)지만, 선거기간에 한해서 그걸 개최하는 것에는 우려가 있었다.

텐노지 양과 나리카. 본래라면 선거에서 경쟁해야 할 두 사람이 화기애애하게 같이 차를 마시면…… 유착을 의심받는다.

두 사람은 사실 뒤에서 손잡고 있는 거 아닐까…… 같은 소문이 퍼지면 두 사람의 지지율에도 악영향이 생길 거다. 그래서 당초에 우리는 선거가 끝날 때까지는 티파티 모임을 삼가자고 했었다.

하지만 솔직히 말해 선거 활동은 꽤 힘들다. 친구들과 거리를 둔 채 완주하는 것은 스트레스를 너무 줘서 오히려 선거 활동에 나쁜 영향을 미칠 것 같았다. 선거를 위해서 티파티를 삼간 건데, 이래서는 주객전도다.

선거기간 중, 텐노지 양과 나리카는 되도록 완벽한 상태로 있어 주길 바라고…… 게다가 아사히 양, 타이쇼, 히나코도 티파티를 삼가자는 이야기가 나왔을 때 쓸쓸한 표정을 지었다.

그렇다면 이렇게 몰래 하는 정도는 허용될 것이라고 생각했다.

문제는 어디까지나 주변에서 의심의 눈초리로 보는 것이지, 실제로 텐노지 양과 나리카가 유착 관계가 될 가능성은 눈곱만큼도 존재하지 않는다. 둘 다 정정당당한 마음의 소유자라 만에 하나라도 손을 잡고 쇼토를 함정에 빠뜨리는 짓은 하지 않을 거다.

두 사람 모두 그 정도 사리 분별은 할 줄 안다. 오히려 어지간한 사람들과 비교해도 신중하고 조심할 줄 안다.

"사실 이 판단도 옳은지는 모르겠지만…… 매니지먼트 게임 때 텐노지 양에게 너무 무리해서는 안 된다고 혼났으니까요. 우리에게도 휴식은 필요할 겁니다. 이 정도는 좋게 넘어가 달라고 하죠."

"후후후……. 혼낸 보람이 있네요."

텐노지 양이 의기양양한 얼굴로 홍차를 마셨다.

평소 가깝게 지내던 친구들이 같은 선거에 나가면서 생긴 고뇌를, 우리는 이제야 재인식한 기분이 든다.

이러니저러니 해도 우리는 이 티파티가 편안했다. 격동의 13일을 돌파하기 위해서라도 이 장소만큼은 남겨두고 싶었다.

(아사히 양……. 평소와 다름없는 느낌이네.)

지금의 아사히 양은 평소처럼 밝은 표정을 짓고 있다.

결국 나는 아사히 양에게 동생에 대해 아무것도 묻지 못했다. 신경은 쓰이지만 경솔하게 파고들어서는 안 될 분위기를 느낀다.

"하지만 이번 선거에서…… 입장상 가장 복잡한 건 역시 토모나리겠지."

타이쇼가 나를 보며 말했다.

"두 명을 동시에 보좌할 때 뭔가 조심하는 점이 있어? 예를 들어 한쪽에게만 알려주고 다른 한쪽에게는 비밀로 해두는 정보가 있다거나……."

"아니요, 그런 건 딱히 없네요."

아사히 양의 질문에 나는 고개를 가로저었다.

"혹시 몰라서 담임 선생님께도 확인해 봤는데, 애초에 회장 후보 한 명에게 부회장 후보 한 명이 보좌로 붙는다는 흐름 자체가 그냥 관습에 불과한 모양이라서요. 명확한 규정이 있는 것도 아니고, 전부 자유롭게 해도 좋다는 말을 들었습니다. 그래서 저는 두 사람의 퍼포먼스를 극대화하는 것에만 집중할 생각이죠……. 그러니 한쪽에서 얻은 노하우를 다른 한쪽에 공유하는 일은 있을 수도 있다고 생각해요."

"뭐, 냉정하게 생각해서 그게 뭐가 잘못이냐는 거겠지. 그룹 경영으로 치자면 각 회사의 기밀 유지 의무는 지키되 그 밖에 모든 회사에 도움이 될 정보는 공유한다는 이야기잖아?"

"그렇죠."

비유로 경영 이야기가 나오는 것을 보니 타이쇼도 역시 키오우 학원의 학생답다……. 뭐, 나도 자주 컨설팅에 비유하곤 하니, 나 역시 키오우 학원의 학생다워진 것이리라.

"어차피 회장은 한 사람밖에 될 수 없으니까 유착하고 싶어도 할 수가 없습니다."

여러 개 있는 동급의 자리를 싹쓸이하려는 싸움이라면 몰라도, 텐노지 양과 나리카가 노리는 건 하나밖에 없는 회장의 자리다. 어떻게 해도 마지막에는 서로 빼앗는 형국이 된다.

나는 그런 말을 하고 싶었을 뿐인데…… 텐노지 양과 나리카 사이에서 공기가 팽팽하게 긴장된 느낌이 들었다.

아차. 괜히 긴장감을 조장했나……?

"후후."

텐노지 양이 재미있다는 듯 웃는다.

"거북하게 느낄 필요 없어요. 둘도 없는 친구와 지고 싶지 않은 경쟁자는 양립할 수 있답니다."

"텐노지 양의 말이 맞다. 정정당당하게 싸우기 위해서라도 평소의 관계는 소중히 하고 싶다."

정작 본인들은 내 불안과 관계없이 당당했다.

최후의 승자는 단 한 명. 그 현실을, 두 사람은 똑바로 인식하고 있는 모양이다.

그런 두 사람을 보고, 우리는 휴, 하고 안도의 한숨을 내뱉는다.

"미야코지마 양은, 변했군요."

"고마워……. 텐노지 양에게 그 말을 들으니 자신감이 생긴다."

"어머, 적을 돕고 말았네요."

나리카의 변화는 다회 멤버들도 인정하고 있다.

방금 대화만 해도 예전의 나리카라면 '저, 정말인가?' 라며 자신감 없이 되물었을 거다. 성공 체험이 쌓이면서 나리카 안에서 자신감이 조금씩 자라나고 있다는 증거다.

홍차를 한 모금 마신 텐노지 양은 히나코 쪽을 보았다.

"코노하나 히나코! 나는 당신의 경쟁자이기도 하지만, 지금은 미야코지마 양에게 집중하겠어요! 쓸쓸한 기분이 들겠지만, 부디 용서해 주셔요!!"

"네. 얼마든지 용서할게요."

히나코가 온화하게 미소를 지으며 말했다.

가능하다면 쭉 그렇게 해달라고 말하는 듯한 미소다.

"그러고 보니, 여러분은 쇼토 군의 공약을 알고 있나요?"

"그것에 대해서는 나도 이야기하고 싶었던 바예요."

내 물음에 텐노지 양이 반응했다.

"여러분도 내심 똑같은 생각일 것 같지만…… 나는 그 의견에 일리가 있다고 생각했답니다."

모두가 고개를 끄덕인다.

"특히, 미야코지마 양, 아사히 양, 타이쇼 씨는 그렇게 생각하고 있지 않나요?"

"그렇지……. 우리 집안은 BtoC니까."

나리카가 신묘한 표정으로 고개를 끄덕였다.

BtoC(비투씨.)란 Business to Consumer의 줄임말이다. 기업이 일반 소비자에게 물건을 파는 비즈니스 모델을 말한다. 아사히 양의 집에서 경영하는 제스 홀딩스는 제조한 가전제품을 일반 소비자를 대상으로 판매하고 있고, 타이쇼의 집에서 경영하는 회사 이사는 타이쇼 역시 이사라는 서비스를 일반 소비자를 대상으로 제공하고 있으므로 BtoC에 해당한다. 나리카의 집에서 경영하는 시맥스도 스포츠용품을 일반 소비자에게 판매하니까 마찬가지다.

반대로, 예를 들어 코노하나 그룹에 있는 종합 상사나 중공업 메이커는 Business to Business…… 즉, 기업이 기업에 물건을 파는 비즈니스 모델이며, 이쪽은 BtoB라고 불린다. 내가 매니지먼트 게임 때 방문했던 호라이즌 주식회사도 기업용 소프트웨어 개발에 특화된 회사였기에 BtoB다.

기본적으로 BtoB 쪽이 큰돈이 움직이기 쉽다. 일반 소비자의 지갑보다 회사의 예산이 더 크니까 당연한 일이다. 로켓을 사는 기업은 더러 있어도 개인적으로 사는 고객은 좀처럼 없다는 뜻이다.

하지만 그만큼 일반 소비자와의 거리가 가까운 건 단연 BtoC다. 그들은 평소 일반 소비자를 고려해서 물건을 제조하고 판매한다. BtoC는 일반 소비자의 시선이 없으면 성립되지 않는 비즈니스 모델인 거다.

텐노지 양이 말하고 싶은 건 바로 그것이었다.

본가가 BtoC인 사람은 키오우 학원의 학생 중에서도 비교적 서민 문화에 정통하다. 그렇기에 죠토의 의견에는 마음이 흔들리는 부분이 있을 거다.

"솔직히 외부 사회와 괴리감을 느낀 적은 몇 번이나 있다. 우리 집은 키오우 학원에도 스포츠용품을 판매하고 있지만, 확연히 다른 학교용 상품과 비교해 가격이 다른 것밖에 없거든. 좋든 싫든 키오우 학원이 특별하다는 건 틀림없다고 생각한다."

"난 여름방학에 사원 여행에 참가했는데 말이야…… 다들 나를 대하는 태도가 처음에는 좀 너무 친절했거든. 사장의 아들이라서 긴장하는 건가 싶었는데, 지금 다시 생각해 보면 내가 세상 물정 모른다고 생각해서 걱정해 준 것 같다는 느낌이 들어."

나리카와 타이쇼가 각자 짐작 가는 바를 말했다.

하지만—— 다들 모른다.

진짜 서민 사회에서 살아온 나는 그런 나리카나 타이쇼와도 엄청난 괴리감이 있었다는 것을.

편입생 환영회에서 당일치기 해외여행을 제안받았던 것을, 나는 지금도 기억하고 있다.

괴리감은 모두가 생각하는 것보다 더 크게 존재한다.

키오우 학원의 서민화에 대해 모두가 생각하는 바를 확인한 참에, 나는 또 하나 신경 쓰이는 건을 입에 올린다.

"죠토 군에 대해서는, 아는 사람이 있나요?"

"작년에 같은 반이었답니다."

텐노지 양이 내 눈을 보며 말한다.

드디어 죠토라는 인물에 대해 알 수 있을 것 같다.

"죠토 씨는…… 신기한 사람이었지요."

텐노지 양은 1년 전의 일을 떠올리며 이야기한다.

"본래 꽤 성적이 좋았던 사람이었어요. 1학년 2학기까지는 나와 코노히나 히나코에 견줄 정도였답니다……. 그랬었지요?"

텐노지 양의 시선을 받은 히나코가 고개를 끄덕였다.

"네. 저는 직접 대화해 본 적이 없지만, 성적이 비슷했던 건 기억하고 있어요. 정치학에 관해서는 유독 우수해서, 당시에는 아버지께 자주 본받으라는 말을 들었답니다."

그 정도로 대단했던 건가…….

나리카도, 아사히 양도, 타이쇼도 지금 이야기를 듣고 놀라고 있었다.

카겐 씨가 히나코에게 본받으라고 말할 정도의 인물이다. 무척 뛰어난 결과를 낸 거겠지. 그 밖에 카겐 씨가 히나코에게 본받으라고 말한 인물은 내가 아는 선에선 나리카 정도다.

죠토에게 있어 정치학은 나리카에게 있어 스포츠만큼이나 특기인 모양이다.

겉모습뿐이라곤 해도, 완벽한 숙녀인 히나코조차 손이 닿지 않는 무언가를 가진 인물이다.

"하지만 그것도 2학기까지의 이야기였어요."

히나코의 말에 텐노지 양이 고개를 끄덕인다.

"1학년 3학기 이후, 죠토 씨의 성적은 급격히 떨어졌어요. 교실에서 본 모습도 그때까지의 패기 있는 분위기에서 일변하여 마치 차갑게 식은 것처럼 얌전해졌답니다."

이야기를 들은 바로는 꽤 큰 변화다.

좋은 성적을 유지하는 것에 한계를 느낀 것일까? 나도 성적을 올리는 데 고생하고 있지만, 히나코나 텐노지 양과 어깨를 나란히 할 정도의 성적이라면 상당히 고된 노력이 필요하다.

"그래서 그분이 선거에 출마한다는 것을 알았을 때는 놀랐어요. 무언가 심경의 변화가 있어 다시 이전처럼 의욕을 불태우는 것인가 해서 말이죠. 게다가 그런 공약…… 집안의 일을 생각하면. 남다른 용기가 있다고 생각했답니다."

"집안의 일……?"

죠토의 집안에 무슨 일이라도 있는 걸까?

"그분의 가계는 전통을 중시해요. 부친도 견실한 정치가로, 풍파를 일으키는 것을 철저히 피하는 스타일로 유명하답니다."

안 그래도 정치가는 스캔들 등에 조심해야 하지만, 그렇게까지 말한다는 건 정치가 중에서도 유독 견실한 성격인 것이리라.

"고풍스럽고, 엄격하며, 전통을 중시하는 가계에서 그렇듯 파격적인 슬로건을 내세우다니, 죠토 씨에게는 나름의 각오가 있는 게 아니냐고 느끼고 있었는데요……."

텐노지 양이 나를 본다.

연설을 들은 내가 지금 이야기를 바탕으로 죠토의 인상을 말하자면…….

"솔직히 말해서 그런 분위기는 아니었습니다. 담담했다고나 할까요."

아사히 양을 보자, 동의하듯 가볍게 고개를 끄덕였다.

아사히 양도 똑같이 생각했던 모양이다.

죠토 역시 나름대로 이것저것 끌어안고 선거에 임하고 있는 것일까…….

"그러고 보니 이츠키, 소문으로 들었는데 다른 부회장 후보는 1학년이라며? 죠토 군의 보좌를 맡고 있다고 들었는데, 벌써 만났어?"

나리카가 나를 보며 물어봤다.

"아아. 두 번째 부회장 후보는, 아사히 양의 동생이었어."

"어?! 그, 그런 거야?!"

나리카뿐만 아니라 모두가 놀랐다.

"동생이 있었군요."

"아하하……. 뭐, 그렇지."

아사히 양은 쓴웃음을 지으며 홍차를 한 모금 마셨다.

"어떤 사람이야? 역시 아사히처럼 밝은 느낌이야?"

호기심을 보이는 다이쇼에게, 아사히 양은 "으음." 하고 생각하고 나서 대답한다

"여러 의미에서 나랑은 정반대야. 밝지는 않지만, 영리하고 차

분해서 우수한 동생이라는 느낌일까. 그리고…… 조금은 야심가 같은 면이 있을지도."

"호오……. 좋아요. 야심이 있다면 상대하기 좋군요."

텐노지 양의 경쟁심이 불타오르고 있었다.

텐노지 양에게 있어 경쟁자는 나리카와 쬬토다. 하지만 그 쬬토를 지탱하고 있는 것이 아사히 양의 동생인 이상, 그와도 겨루는 사이인 셈이다.

그때, 담화실 문에서 노크 소리가 들렸다.

"과자가 다 구워져서 가져왔어."

유리가 시즈네 씨와 함께 갓 구운 과자를 날라 왔다.

유럽 스타일의 고급스러운 카페 왜건에 쿠키와 피낭시에가 있다. 감도는 버터 향기에 나도 모르게 침이 고일 것 같았다.

"괜찮다면 히라노 양도 같이 어떠세요?"

"어? 내가 방해되지 않을까?"

텐노지 양이 권하자, 유리는 조심스럽게 이쪽을 보았다.

만약을 위해 내 의견도 확인하려는 유리의 시선에, 나는 잠시 생각한다.

"오히려 딱 좋을지도 몰라. 지금 키오우 학원의 서민화 이야기를 하고 있었거든."

"서민화……?"

기왕 이렇게 된 김에 다른 서민의 견해도 들어보자.

아리송한 얼굴로 앉은 유리와 함께, 우리는 계속해서 쬬토의 공약에 관해 이야기했다.

◆

"이야~, 즐거웠네~."

"맛있는 과자가 많아서 조금 과식해 버렸어~."

오후 6시. 티파티가 끝나고 우리는 저택 입구에 와 있었다. 타이쇼가 즐거운 듯 웃고, 아사히 양이 배를 가볍게 문지르며 정원을 지나 문을 나선다.

"어라, 토모나리는 아직 안 가는 거야?"

"어어, 마중이 조금 늦게 오는 모양이라서요……."

저택 문 앞에는 차가 몇 대 있지만, 어느 차에도 타지 않으려는 나를 보고 타이쇼가 의아한 듯 고개를 갸웃거렸다.

내 대답에 납득한 타이쇼가 차에 타고, 다른 참가자들도 차례차례 차에 탄다.

"코노하나 히나코! 다음에는 우리 집에서 티파티를 해도 좋답니다!"

"네, 검토해 보겠어요."

다음 티파티 장소는 텐노지 양의 집이 될 것 같다.

"이츠키, 히라노 양한테도 다시 고맙다고 전해줘."

"알았어."

지금 이 자리에 없는 유리에게 나리카가 감사를 전했다.

아마 과자와…… 여러 의견에 대해서일 거다.

참고로 유리가 티파티에 참가해 준 덕분에 우리의 논의는 더욱 유의미해졌다.

역시 유리도 나와 마찬가지로 키오우 학원 학생은 설령 집에서 BtoC 기업을 경영하고 있다고 해도 아직 서민 감각에는 익숙해지지 않았다는 견해였다. 한 번은 텐노지 양이 "그렇게나 우리가 익숙해지지 않았나요?"라고 조금 저항을 시도했지만, 유리가 검지와 중지를 구부리며 "감자 깎는 칼을 그렇게 쥐는 사람은 거의 없거든."이라고 말한 순간 결판이 났다. 여름방학 때 바다에서 바비큐 파티를 했을 때가 떠오른다. 좋은 집안 아가씨들의 엉터리 요리 지식은 나와 유리가 선명하게 기억하고 있었다.

나리카, 텐노지 양, 아사히 양이 차에 타고 집으로 돌아가는 것을 배웅한다.

그러자 타이쇼가 차에서 내려 이쪽으로 돌아왔다.

"타이쇼 군, 잊은 거라도 있나요?"

"잊은 게 있는 척하고 돌아왔어."

"척하고?"

담화실을 나설 때 잊은 물건이 없게끔 확인했기에 의아하게 여겼지만, 그 말을 듣고 더욱 의아해졌다.

"토모나리, 아사히의 동생이랑 이야기했지?"

"네."

내가 고개를 끄덕이자, 타이쇼가 잠시 말을 고르고 다시 입을 열었다.

"아사히 말인데, 신경 좀 써줘."

타이쇼는 진지한 얼굴로 말을 이었다.

"남매끼리 사이가 별로인 모양이더라고."

"무슨 소리인가요……?"

"아니, 나도 자세히는 몰라……. 나랑 아사히는 집이 꽤 가깝거든. 그래서 가끔 같이 갈 때가 있는데, 어쩌다 보니 동생 이야기를 몇 번 들었어."

그러고 보니 아까 티파티 자리에서 동생의 인품에 대해 가장 먼저 물었던 건 타이쇼였다.

이야기를 들을 수 없을지 스리슬쩍 떠본 것이리라.

"무슨 일이 있었는지는 모르겠지만, 남매 싸움이 조금 심각한 모양이라서 말이야. 토모나리 너라면 괜찮을 것 같지만, 그 부분은 조심해서 다뤄줘."

"알겠습니다……."

용건은 그게 다였던 모양인지, 타이쇼는 차로 돌아갔다.

부회장을 목표로 하는 경쟁자로서 가능하다면 린타로에 대해 아사히 양에게 직접 여러 설명을 듣고 싶었지만, 그런 사정이 있다면 조금 신중해지는 것이 좋을 듯하다.

(남매 싸움인가…… 그래서 아사히 양의 태도가 종종 이상했던 건가.)

생각해 보면 아사히 양은 가족 이야기가 나오면 조금 거북해했던 것 같다.

사실 매니지먼트 게임이 막 시작되었을 무렵에도 아사히 양에 대해 의문이 남았던 적이 있었다. 다 함께 스타트 포지션을 발표하고 있었을 때였다.

내가 처음부터 창업한다고 했을 때, 아사히 양은 '생각하긴 쉬워도, 좀처럼 할 수 있는 일이 아니야!' 라며 놀라워했다.

그 말투로 미루어 보아 아사히 양도 머릿속으로는 생각해 본 적이 있는 걸까 싶어서 나는 그대로 질문해 보았지만…….

——혹시 아사히 양도 비슷하게 생각한 적이 있나요?

——글쎄. 내 이야기는 그냥 넘어가!

대놓고 얼버무린 것을 지금도 기억하고 있다.

그때, 화제는 매니지먼트 게임뿐만 아니라 집안의 방침에도 미치고 있었다.

지금 생각하면 아사히 양은 그때부터 어렴풋이 벽을 만들고 무언가를 숨기고 있었던 것 같다.

"이츠키…… 무슨 이야기 했어?"

"아니, 그냥 잡담이야."

조금 떨어져 있던 히나코가 나와 타이쇼의 대화를 궁금해했지만, 타이쇼의 진지한 표정을 떠올리며 이 일은 일단 가슴속에 묻어두기로 했다.

타이쇼도 가버린 참에, 히나코는 긴장을 풀고 "하아암." 하고 하품한다.

"오늘은 같이 있어 줘서 고마워. 휴일인데, 사실은 느긋하게 쉬고 싶었지?"

"아니야……. 모두와 함께하는 티파티는 나도 좋아하니까."

평소 함께 지내는 사람들 앞에서는 히나코도 다른 사람들에 비해 편하게 행동할 수 있는 모양이다. 연기를 그만둘 수는 없지만,

히나코 나름대로 긴장을 풀 수 있는 장소이리라.

"하지만…… 슬슬 졸려."

그래도 졸음에는 이기지 못한 모양이다.

평소의 히나코라면 주말은 내내 빈둥거리고 있을 테니, 오늘은 활동적인 편이다.

"방까지 데려다줄게."

평소처럼 "응." 하고 고개를 끄덕이는 히나코를 방에 데려다준다.

그 후, 나는 티파티에 썼던 담화실로 돌아갔다.

"아, 이츠키. 치우기 시작했어."

"아아, 미안해. 나도 도울게."

뒷정리하던 유리와 합류하여 나도 돕는다.

"나리카가 고마워하더라. 아마 과자랑 의견 덕분일 거야."

"과자는 그렇다 치고, 의견은 고맙단 말을 들을 만큼 잘 생각해서 낸 게 아닌데."

"키오우 학원 학생들한테는 우리 같은 서민이랑 엮이는 것 자체가 귀중하니까 말이야."

컵과 받침 접시를 왜건에 올려놓는다.

선거기간에는 이런 일이 면제되지만, 내가 쓴 물건을 직접 치우지 않으면 왠지 마음이 편하지 않아서 자발적으로 돕고 있다.

그리고 유리에게만 시키는 것도 미안하다. 본인은 절대로 신경 쓰지 않겠지만.

"너도 참 고생이 많네. 매니지먼트 게임이 끝났다 싶더니 이번엔 학생회 선거?"

"그렇지. 참고로 선거가 끝나면 문화제도 있어."

"정말 눈코 뜰 새 없네……. 키오우 학원 문화제는 나도 갈 수 있어?"

"소개장이 필요할 거니까, 내가 소개하면 올 수 있어."

"그럼 소개해 줘. 키오우 학원에 있는 네 모습을 조금 보고 싶기도 하고."

왠지 그렇게 들으니 긴장되네…….

내가 식탁보를 접자, 유리가 새로운 것을 대신 깔았다.

"그러고 보니 지난번 코노하나 그룹 사교계에서 스카우트 제의를 받았었지? 그건 결국 어떻게 됐어?"

"아, 그거 말이지. 이래저래 협상해 봤는데 일단 보류하는 걸로 결론이 났어."

"그렇구나……. 그렇게 들으니 조금 아까운 기분도 드네."

"일본 지점에서 숙식하며 일하는 건 어떠냐는 식의 대안은 나왔어. 하지만 실제로 일터를 견학해 봤더니…… 솔직히 코노하나 양의 집 수준이 더 높더라고. 해외 본점이라면 다르겠지만."

"아아……."

그럴 수도 있겠다 싶긴 했다.

이 저택에서 나오는 요리는 정말 맛있으니까…….

보류한다는 건 인연은 남겨둔다는 뜻이다. 그렇게 생각하면 지금의 유리에게는 가장 좋은 선택일지도 모른다. 본격적으로 집에서 경영하는 가게를 전국으로 확장하려고 마음먹었을 때, 그 인연은 여러모로 도움이 될 거다. 경영을 배운 지금의 나라면 그걸 이해할 수 있었다.

"저기…… 네가 지금 하는 일, 조금만 더 가르쳐 줘."

식탁보 교체를 마친 유리가 조금 머뭇거리며 말했다.

"뭐야? 오늘은 유독 관심을 보여주네."

"별로…… 나도 더 전진하고 싶다고 생각했을 뿐이야."

"전진?"

내가 고개를 갸웃거리고 있자, 유리가 뺨을 붉히며 이쪽을 바라보았다.

"네가 살고 있는 세계를 조금 더 알고 싶다고 생각한 거야."

그렇게 대놓고 관심을 보여줄 줄은 몰랐기에, 나는 조금 긴장하고 말았다.

평소와 다른 유리의 태도에 마음이 동요하고 만다.

"그, 그래. 그렇다면 우선은……."

나는 태연한 척하며 부회장 후보로서 한 일을 유리에게 설명했다.

그동안 즐거운 듯이 이야기를 듣는 유리를 보고 있자니 어느새 나도 즐거워져서, 담화실 정리가 끝날 때까지 화제가 끊기는 일은 전혀 없었다.

◆

월요일 아침, 키오우 학원에서.

배부되고 있는 선거 속보를 손에 든 나는, 그 내용을 보고 얼굴을 떨었다.

(끙…… 부추기고 있네.)

——보수파 vs 개혁파.

속보의 1면은, 그런 표제어로 시작되고 있었다.

회장 후보들의 연설이 시작되면서 본격적인 지지율 쟁탈전이 벌어지고 있다. 구 학생회 임원들이 만들고 있다는 선거 속보는 그 쟁탈전을 알기 쉽게 표현하기 위해서인지, 세 명의 회장 후보를 보수파와 개혁파로 이분하여 대립 구도로 보여주고 있었다.

내가 보좌를 맡은 텐노지 양과 나리카는 어디까지나 키오우 학원의 기존 풍조를 지키면서 새로운 길을 개척하는 보수파.

한편, 죠토 후보는 기존의 키오우 학원을 해체&재구축해서 새로운 가치관으로 달리게 하려는 개혁파.

텐노지 양이든 나리카든 그 정도로 보수에 치우친 건 아닐 거다. 두 사람의 공약이 실현되면 지금의 키오우 학원에는 없는 새로운 이벤트나 설비가 태어날 테니까. 하지만 죠토의 공약과 비교하면 보수라고 불려도 어쩔 수 없다. 우리가 보수라기보다, 그쪽 사상이 너무 대담한 거다.

물론 그 대담함에는 단점도 있다.

지지율은 지난번과 거의 비슷해서, 텐노지 양과 나리카가 각각 40퍼센트의 학생들로부터 응원을 받고 있었다. 죠토의 공약은 너무 대담해서 차마 따라가지 못하는 학생이 많은 듯하다.

속보를 한 차례 다 읽은 나는 교무실 문을 노크했다.

"안녕하세요. 후쿠시마 선생님 계십니까?"

"어머, 토모나리 군. 무슨 일인가요?"

서류 작업을 하던 후쿠시마 선생님이 내 목소리에 반응해 뒤돌아보았다.

나는 후쿠시마 선생님의 책상으로 다가가 용건을 전한다.

"연설에서 사용할 마이크를 신청하러 왔습니다. 두 사람분을 부탁드려요."

"지난번에는 결국 안 쓴 것 같은데, 오늘은 쓰게요?"

"꼭 쓴다고 결정한 건 아니지만, 준비는 해둘까 해서요. 자기 목소리로 말하는 것이 인상도 좋아질 것 같았는데, 인상만큼이나 전달력에도 신경을 써야겠다 싶어서요."

"하긴 그렇군요. 인원이 많으면 목소리도 잘 안 들릴 테니까요."

그런 셈이다.

인상을 좋게 하려고 해도 말이 전달되지 않으면 애초에 의미가 없다. 앞으로는 청중의 수에 따라 마이크 사용도 괜찮겠다고 생각했다.

"신청, 접수했습니다. 힘내세요."

"감사합니다."

인사하고 교무실을 나선다.

이걸로 점심시간에는 마이크를 쓸 수 있게 될 거다.

"토모나리 선배."

등 뒤에서 누군가 말을 걸었다.

뒤돌아보니, 은테 안경을 쓴 후배가 이쪽을 바라보고 있다.

"아사히 양의……."

"린타로라고 부르면 돼요, 헷갈릴 테니까요. 말을 높일 필요도 없습니다."

매번 '아사히 양의 동생' 이라고 부르기도 번거로우니까 그렇게 말해주면 다행이다.

다만 호칭은 그렇다 치고, 말투는 어쩌지…….

본래 시중 담당으로서 히나코의 곁에 있어도 주변에서 이상하게 여기지 않도록 꾸민 말투지만…… 최근에는 이미 그런 단계가 아니라는 느낌이 든다. 지금의 나는 겉치레가 아니라 실적으로 히나코의 곁에 있고 싶다고 생각하고 있고, 애초로 잘 생각해 보니 나리카와 마주쳤던 시점에서 내 말투는 풀어져 있었다.

"알았어……."

하급생에게는 본래 말투를 써도 되겠지.

내가 키오우 학원에 온 지도 시간이 꽤 흘렀다. 슬슬 시중 담당의 원칙을 재검토할 시기일지도 모른다. 나중에 시즈네 씨에게 상담해 보자.

"마이크, 쓰기로 하셨군요. 우리 연설을 보고 마음을 바꾸신 건가요?"

"그렇지……."

그 말대로다. 금요일 방과 후, 죠도가 마이크를 사용해 연설하는 것을 보고, 나는 마이크 사용을 긍정적으로 보게 된 거다.

마이크로 확대한 목소리는 청중뿐만 아니라 우연히 지나가던 사람들의 귀에도 닿는다. 즉, 연설의 음량에 따라서는 원래라면 청중이 되지 않았을 통행인을 청중으로 끌어들일 수 있는 법이다. 실제로 금요일 쵸토의 연설에서는 귀가할 예정이었을 학생이 불쑥 유세장에 들르는 광경을 여기저기서 보았다.

"역시 대단하네요. 그 사고방식, 역시 당신은 제가 생각한 그대로의 사람이에요."

린타로는 미소를 지으며 나를 칭찬했다.

그 정도로 칭찬받을 일은 아니라고 생각하지만…… 린타로는 진심으로 내 행동을 훌륭하다고 여기는 것처럼 보였다. 사소한 일이라고는 해도, 테크닉을 모방당한 것이니 오히려 싫은 티를 내도 이상하지 않은데…….

"마이크를 사용한다면 스피커의 위치도 신경 쓰는 게 좋아요. 이 학교의 스피커는 선이 짧아서 설치할 수 있는 방향이나 장소에 한계가 있거든요. 리허설은 해두는 게 좋습니다."

"고마워. 기자재에 박식하구나."

"집이 가전 양판점을 하니까요."

물론 그 덕분인 것도 있겠지만, 연설을 시작한 날에 모든 체크를 끝내두었다는 건 사전에 스피커를 설치하는 장소 때문에 곤란해질지도 모른다고 상상력을 발휘했다는 증거다. 문제가 일어난 뒤가 아니라 확실히 미리 방지하고 있다.

1학년이면서 부회장에 입후보할 정도다. 자신감이 있겠다고 생각은 했지만, 납득할 만한 능력이다.

얕볼 수 없다고 생각하는 반면…… 도무지 갈피를 잡을 수 없는 상대다.

이래 보여도 우리는 경쟁자이다. 그런데, 어째서 이렇듯 솔직하게 조언해 주는 걸까? 어쩌면 내 마음이 시커멓게 더럽혀진 길지도 모르겠지만.

"수업이 시작하려면 아직 시간이 있네요. 토모나리 선배. 지금부터 잠깐 시간 내주실 수 있을까요? 드리고 싶은 말씀이 있습니다."

갑작스러운 제안에 잠시 생각에 잠기고 만다.

선거기간 중에는 일찍 등교하기로 해서, 수업이 시작하려면 아직 30분은 남았다.

지금은 수업 시작 전까지 운동장에서 전단지를 돌릴 생각이었지만, 쇼토의 진영을 조사할 기회를 놓치는 것도 아깝다. 조금 미안하지만, 전단지 배부는 다시 키타나 스미노에 양에게 부탁할까. 그 두 사람이라면 기꺼이 도와줄 것 같기는 하지만.

"알았어."

제안에 응하자, 린타로는 상쾌하게 미소를 지었다.

◆

장소를 카페로 옮겨, 나와 린타로는 마주 보고 앉았다.

"그래서? 하고 싶다는 말이 뭔데?"

린타로는 테이블로 운반된 컵에 눈길조차 주지 않고 나를 본다.

"토모나리 선배는 말을 편하게 놓는 것이 더 어울리시네요. 자연스러운 느낌이 듭니다."

"고맙다고…… 해야 하는 건가?"

"어느 쪽인가 하면 칭찬한 거예요."

사실 이쪽이 자연스러우니까 말이지…….

"지금의 토모나리 선배는, 우리가 목표로 하는 보통의 학생 같아요."

그렇게 말하고는, 린타로는 똑바로 이쪽을 응시했다.

"토모나리 선배…… 우리 진영에 붙지 않겠습니까?"

"어……?"

"쉽게 말해 스카우트예요. 저와 함께 죠토 선배를 보좌하죠."

커피를 한 모금 마시는 린타로를, 나는 말없이 바라보았다.

갑작스러운 스카우트에 여러 의문이 솟구치지만, 가장 먼저 물어봐야 할 건…….

"왜 나지? 일손이 필요하다고 해도, 나는 린타로의 경쟁자이고, 게다가 죠토 군과는 다른 진영 사람인데?"

"이유는 몇 가지 있습니다."

린타로는 컵을 받침 접시 위에 놓았다.

"먼저, 단순히 토모나리 선배의 실력을 보고 결정한 겁니다. 텐노지 선배와 미야코지마 선배, 그 두 사람의 보좌를 동시에 맡는 건 결코 쉬운 일이 아니겠죠. 업무 능력도 그렇지만 두 선배에게 신뢰받는 그 인품도 높게 평가하고 있습니다."

"아직 선거기간이 시작되고 3일밖에 안 됐어."

"제가 보는 건 지금까지 토모나리 선배가 쌓은 것들입니다. 매니지먼트 게임에서는 크게 활약한 모양이더군요."

매니지먼트 게임의 결과는 후배들도 알고 있는 모양이다.

지금까지의 실적 전부를 고려해서 나를 평가해 준 건가. 그것 자체는 영광스러운 일이다.

"하지만, 매니지먼트 게임과 선거는 다르잖아? 내가 너희 진영에 가려면 우선 내가 쵸토 군의 사상에 공감할 필요가——."

"네, 바로 그겁니다! 오히려 그게 토모나리 선배를 선택한 가장 큰 이유거든요!"

린타로는 흥분해서 말한다.

"토모나리 선배. 키오우 학원이 이상하다고 생각하지 않나요?"

린타로는 손에 든 컵을 가리켰다.

"이 컵과 받침 접시, 10만 엔이나 해요. 카페에서 쓰는 그릇은 대체로 뭐든지 이 정도 가격이죠. 비싸다고 생각하지 않습니까?"

"그건……."

"비싸다고 생각하죠? 편입생인 토모나리 선배라면."

그 말투에서 나는 린타로의 생각을 짐작했다.

과연…… 린타로가 나를 스카우트한 가장 큰 이유는 편입생인 내가 이 키오우 학원의 환경을 이상하게 느끼고 있을 거라고 판단했기 때문인가.

"토모나리 선배는 편입한 지 얼마 안 되었을 무렵, 이 학교의 환경에 놀라지 않았나요?"

"솔직히 말해서, 꽤 놀랐지."

"그렇죠. 즉, 우리는 문제의식을 공유하고 있는 셈입니다."

기대한 전개가 되었기 때문인지, 린타로는 더욱 말이 많아졌다.

"우리가 보는 건 이 학교에 막 편입했을 당시의 토모나리 선배입니다. 당시의 선배는 그 사실에 어색함을 느꼈을 테지만, 지금은 어쩔 수 없이 적응했죠. 하지만 그게 무엇을 낳을까요? 차 마시는 그릇에 10만 엔을 쓰는 생활이 당연하다고 착각하게 되지 않을까요? 그런 편향된 가치관을 가진 인간을 사회로 내보내도 괜찮은 걸까요?"

린타로는 흥분한 나머지 일어섰다.

"편입한 지 얼마 안 되었을 무렵, 선배도 사실은 이렇게 생각했을 터입니다. 이런 건 이상해! 틀렸어! 이 학교는 정상이 아니야!"

"…………부정은 안 할게."

"그렇죠! 아아, 역시 선배는 동지야!"

확실히 나도 이 학교에 막 왔을 무렵에는, 머리가 이상해질 것 같았다.

하지만 한 가지 신경 쓰이는 점이 있다. 린타로가 하는 말은 키오우 학원을 일일이 무시하는 뉘앙스가 포함된 것처럼 들렸다.

"토모나리 선배를 스카우트 하려는 이유는 아직 더 있습니다."

의자에 다시 앉은 린타로가 말한다.

"토모나리 선배는, 좋은 의미로 키오우 학원 학생답지 않은 면이 있거든요."

심장이 한순간 요동쳤다.

정체를—— 신분을 숨기고 이 학교에 있는 몸으로서는 식은땀이 흐르는 감상이다.

좋은 의미라고 말했으니, 내 출신을 의심한 건 아니라는 걸 알겠지만…….

"예를 들어, 타인의 모습을 보고 배우는 점입니다. 이 학교 학생들은 자존심이 높아서, 타인을 모방하려고는 좀처럼 생각하지 않죠. 다들 자신은 모방의 대상이 되는 쪽이라는 자부심을 무의식 중에 가지고 있거든요. 하지만 토모나리 선배는 주저 없이 타인을 참고해요. 마치 지금까지도 그랬던 것처럼……. 그런 잡초 근성이 앞으로의 사회에는 필요하다고, 우리는 생각하고 있습니다."

"고마워……."

실제로 부모님의 야반도주라는 엄청난 곤경을 경험했기에, 잡초 근성을 평가받는 건 기쁨 이전에 스스로 납득이 가기도 했나.

마이크를 쓴 것만으로 유독 칭찬해 준다고 생각했지만, 아무래도 린타로가 칭찬했던 건 내가 타인의 행동을 보고 학습했다는 부분인 모양이다.

"그리고라고 할까요, 그래서라고 할까요. 겸허한 자세도 훌륭합니다. 이번 선거전에서도 토모나리 선배는 이미 활약하고 있을 텐데, 그걸 전면에 내세우지 않죠. 마치 모든 것이 회장 후보의 공적인 것처럼 행동하고 있어요."

"그건 실제로 그렇기 때문이야."

"회장을 이기게 해야 하는 입장상, 그렇게 발언할 수밖에 없다——는 것도 아니잖아요, 토모나리 선배의 경우. 진심으로 그런 말이 나오는 점이 매력적이에요."

뭐야? 뭐야?

린타로는 왜 이렇게까지 나를 띄워주는 거지?

"공약 내용에도 관여하고 있나요?"

"어느 정도는. 기초가 되는 공약은 본인들이 결정하지만, 몇 가지 안을 낸 적은 있어."

"아하. 어떤 건가요?"

설마 내 자존심을 자극해서 정보를 끌어내려는 걸까?

안타깝게도 띄워준 정도로 내 입이 가벼워질 일은 없다. 애초에 이 학교에서 지내는 이상 주변의 대단한 사람들을 제쳐두고 내가 우쭐해할 일은 영원히 없으리라.

그렇다고는 해도, 이 질문에는 딱히 대답해도 상관없다.

"다음 연설에서 할 생각이지만, 예를 들어 텐노지 양의 공약 구체안으로 드레스 코드 강좌도 있으면 좋지 않겠냐는 이야기를 했어. 드레스 코드는 사교계의 급에 따라 미묘하게 달라지니까 수요가 있을 것 같거든."

"좋은 아이디어군요. 특히 우리 같은 학생은 뭘 입는 게 적절한지 알기 어려울 때가 있으니까요."

린타로는 평범하게 감탄해 주었다.

내가 괜히 걱정한 모양이다.

"몇 가지, 나도 질문을 하게 해줘."

"물론입니다. 무엇이든 대답해 드릴게요."

마음을 완전히 열어 준 린타로에게, 나는 질문을 던진다.

"우선, 린타로는 어째서 키오우 학원이 이상하다고 생각한 거야? 너희 집도 세간의 기준으로 보면 유복한 편이잖아? 다른 고등학교를 아는 편입생인 나랑 다르게 넌 처음부터 이 학교의 환경에 익숙해야 정상일 텐데."

"아시다시피, 우리 집은 BtoC 기업이니까요. 일반인들과 접할 기회가 많다 보니 위화감이 생길 수 있었던 거예요. 뭐, 누나의 생각은 모르겠지만요."

아사히 양에 대한 마지막 말은, 지금은 건드리지 않기로 하자.

신경은 쓰이지만…….

"두 번째 질문은 그 연장선 같은 건데…… 린타로는, 쇼토 군의 공약인 키오우 학원의 서민화를 완수함으로써, 뭔가 하고 싶은 일이라도 있는 거야?"

"하고 싶은 일, 말인가요?"

"뭐랄까, 내 눈에는 린타로 네가 절박해 보여서 말이야. 꼭 그래야 한다는 집념 같은 게 느껴진다고 해야 하나……."

린타로는 놀라서 눈을 동그랗게 떴다.

"토모나리 선배는 사람의 감정을 읽는 데 능숙하네요."

나를 타쿠마 씨 같은 사람처럼 말하지 않으면 좋겠다.

"짐작하신 대로, 제게는 하고 싶은 일이 있습니다. 저는 장차 창업하고 싶거든요."

"창업? 집에서 경영하는 제스 홀딩스는 물려받지 않는 거야?"

"네. 그쪽은 어차피 누나가 할 거라고 생각하니까요."

린타로는 스미노에 양과 비슷한 패턴인 모양이다.

스미노에 양도 집에서 경영하는 SIS의 후계자는 그 오빠다. 스미노에 양 자신은 장래에 텐노지 그룹에 취업할 예정이지만, 린타로는 취업이 아니라 창업을 선택하려는 듯하다.

"머지않아 다른 BtoC 회사를 설립할 생각입니다. 그러기 위해서라도 학생일 때부터 일반적인 사회에 대해 제대로 공부하고 싶어요. 그래서 죠토 선배와 함께 키오우 학원의 개혁에 힘쓰고 있습니다. 이 학교에는 저와 비슷한 이유로 사실은 일반적인 사회에 대해 더 배우고 싶은 사람이 많을 겁니다."

자신에게는 하고 싶은 일이 있고, 비슷한 사람도 많이 있을 테니까, 이번 선거 활동에 임하고 있는 모양이다. 자신만이 아니라 타인도 같이 행복해지는 길을 택하고 있다는 점에선 호감이 생긴다. 단순히 자기 고집만으로 개혁을 밀어붙이고 싶은 건 아닌 모양이다.

"토모나리 선배는 매니지먼트 게임에서도 창업부터 시작했죠? 그런 점도 우리 처지에서는 공감할 수 있는 거예요. 당신은 역시 키오우 학원의 학생답지 않아요."

그 표현은 나쁜 의미로 가슴이 철렁해지니까 그만해 주면 좋겠는데…….

린타로 자신은 칭찬하려고 한 말이겠지만.

"구체적인 방책은 동아리 활동과 직장 체험, 입학 조건의 개혁이었지. 각 방책이 학교 개혁에 효과를 발휘한다는 근거는 있는 거야?"

"물론입니다. 이 학교에서는 집단행동의 기회가 적기 때문에 동아리 활동으로 팀워크를 배우게 할 겁니다. 직장 체험으로는 사회의 구조를 배울 수 있죠……. 그리고 이러한 개혁을 하루빨리 침투시키기 위해서라도 입학 조건에서 출신 배경을 제외하고, 서민을 불러들일 겁니다."

정말로 나를 스카우트하고 싶은 건지, 린타로는 공약의 핵심을 자세히 이야기해 주었다.

확실히 동아리 활동이 없는 키오우 학원 학생들은 집단보다 개인으로 움직이고 있다는 인상이 있다. 매니지먼트 게임 같은 이벤트가 있을 때는 예외지만, 기본적으로 다들 집안의 일로 바쁘니까 학교에서 누군가와 오랫동안 함께 있는 일은 없다.

그렇기에 고귀한 티파티라는 말도 생겨난 셈이다. 키오우 학원에는 애초에 그룹이라는 개념이 희미해서 우리의 모임이 눈에 띄었을 거다.

그룹이 없는 것도 나는 일종의 장점이라고 본다. 예를 들어 교내에서 특정 집단 사이의 계급 개념이 생기기 어려우니, 집단 괴롭힘이 일어날 것 같지 않다. 게다가 모두가 개인으로서 능력을 강화하고 있어서 끼리끼리 어울려 노는 분위기가 존재하지 않고, 목표를 높이 잡고 절차탁마할 수 있는 환경이 완성되어 있다.

하지만 린타로의 주장도 이해할 수 있었다.

내 감상은 '그건 일반적이지 않아.' 라는 말을 뒤엎을 수 있는 것이 아니다.

"사회 공부가 목적이라면 차라리 아르바이트가 낫지 않아? 공사 현장의 육체노동 같은 건 어려울지도 모르지만, 학원 강사나 호텔리어는 이 학교 학생들에게도 어울릴 것 같단 말이지."

"하하. 역시 선배는 이쪽으로 오셔야 해요."

아차. 그만 조언해 버리고 말았다.

"뭐, 방금 건 그냥 생각난 거라……."

"아니요. 메모해 두겠습니다. 아르바이트를 한다는 발상은 없었거든요."

린타로는 가방에서 재빨리 메모장을 꺼내 펜을 놀렸다.

메모를 다 한 뒤, 린타로는 나를 빤히 바라본다.

"이왕 이렇게 된 거 확실히 말할게요. 저는, 당신이 우리 진영으로 와 준다면, 부회장 자리를 양보해도 상관없습니다."

"………………뭐?"

"이 학교의 문제를 바로잡고 싶다는 염원은 있어도, 부회장이라는 자리에는 크게 집착하지 않거든요. 어때요? 이쪽으로 오지 않겠습니까?"

아마도 린타로가 내게 제시할 수 있는 최대의 카드였을 거다.

그만큼의 결단을 내려준 이상, 나도 성의를 다해 한번 진지하게 생각해 본다.

단언할 수 있는 사실로서…… 부회장이 된다는 목표를 가장 확실하게 달성하는 방법은 눈앞에서 내민 손을 잡는 거다.

부회장 자리는 나와 린타로가 다투고 있다. 그러니 린타로가 물러나겠다고 약속한다면 나는 선거를 기다릴 것도 없이 부회장 자리를 얻을 수 있다.

키오우 학원 학생회에 들어간다면, 나는 더욱 다음 목표로 손을 뻗을 수 있다.

타쿠마 씨가 말해주었다. 코노하나 그룹의 임원이 되려면 키오우 학원 학생회에는 들어가는 게 좋다고.

카겐 씨가 말해주었다. 코노하나 가문이 안고 있는 문제에 깊이 관여하려는 내게, 학생회에 들어간다면 고려해 보겠다고.

아마도 학생회 임원이 되기만 하면, 내가 볼 수 있는 풍경은 확 달라질 거다.

거기까지 생각한 끝에—— 나는 역시 초심을 지키기로 했다.

"미안해……."

내게 내민 손을 거절한다.

"죠토 군의 공약은, 일리가 있다고 생각해. 다들 그건 인정하고 있어."

"그렇다면 어째서……."

"넌 한 가지 착각하고 있어."

나는 당혹스러워하는 린타로에게 설명했다.

"나는 이 학교에 와서 가치관의 차이를 느꼈어. 하지만 어쩔 수 없이 적응한 게 아니야. 나는 이 세계가 멋지다고 생각했기에, 필사적으로 적응한 거야."

지금도 적응하려고 노력하고 있다.

하지만 그 고생을, 나는 불합리하다고 느끼지 않는다.

자랑스러운 것으로 여기고 있었다.

"나는 린타로 너보다 일반적인 사회라는 걸 더 잘 알아. 그렇기에 단언할 수 있는데, 이 학교에는 일반적인 사회에서 절대로 태어날 수 없는 사람들이 많이 있어. 텐노지 양도 그렇고, 나리카도 그렇고, 코노하나 양도 그래. 그런 사람들이 일반적인 사회에서 나타날 거라고는 생각되지 않아. 이렇게 고상한 배움터니까 그런 사람들이 태어나는 거라고 생각해."

처음에는 키오우 학원의 환경을 극단적이라고 생각했다. 하지만 요즘은 다른 사람들 위에 서야 하는 그릇을 빚으려면 이 정도가 딱 좋을지도 모르겠다고 생각할 때가 있다.

진짜를 접함으로써 일류 인간이 태어난다는 사고방식도 있다. 실제로 나도 코노하나 저택이나 키오우 학원의 환경에 둘러싸여 있기에 목표 의식을 높게 유지할 수 있었다. 눈이 휘둥그레질 정도로 값비싼 의복을 몸에 걸침으로써, 그에 부끄럽지 않은 인간이 되겠다는 의욕이 솟았다.

노블레스 오블리주라는 말이 딱 들어맞는다. 다행인지 불행인지, 태어나면서부터 선택받은 자들인 그들은 그 책임을 다하기 위해 살아가야 한다.

그 책임의 무게도, 대처법도, 일반적인 사회에서는 가르쳐 주지 않는다.

그래서 키오우 학원 같은 배움터가 있는 거다.

이곳은 선택받은 자들이, 선택받은 자이기에 겪는 고뇌를 공유하는 안식처다.

"조금 듣기 거북한 이야기일지도 모르겠지만, 일반적인 사회라는 건 그렇게 미화할 수 있는 게 아니야. 게으름뱅이도 많고, 성미가 급해서 싸우기 좋아하는 사람도 있지. 하지만 내가 아는 한에서 이 학교에 그런 사람들은 없어. 이건 믿을 수 없을 정도의 기적이라고 생각해."

굳은 표정을 짓고 있는 린타로에게 계속해서 말을 잇는다.

내 말이 전해질 거라 믿으며.

"편중된 가치관은 문제일지도 몰라. 하지만 나는 이 학교에 와서 이곳에서만 배울 수 있는 것을 알게 되었고, 그 배움 속에서 살아가고 있는 고결한 사람들을 보며…… 나도 이런 식으로 살고 싶다고 진심으로 생각했어."

어쩔 수 없이 적응한 게 아니다. 그렇게 되고 싶다고 진심으로 바라서 적응한 거다.

나는 피해자가 아니다.

"그러니까, 미안해. 나는 린타로와 함께 쵸토 군을 보좌할 수는 없어."

머리를 살짝 숙이고 나서, 나는 린타로를 똑바로 보았다.

"나는, 지금의 키오우 학원이 좋아."

키오우 학원이 좋아. 그 말이 내가 생각해도 놀라울 정도로 자연스럽게 입 밖에 나왔다. 그것이 내 본심이라는 것을 새삼 깨닫고 기뻐졌다.

막 편입해서 허둥대기만 했던 시절의 나에게 말해주고 싶다.

나는 확실히, 이 학교를 좋아하게 됐다고――.

"협상 결렬인가요."

린타로가 손에 있는 컵으로 시선을 향하며 말했다.

"어쩔 수 없네요. 저는 정말로 토모나리 선배에게 모든 것을 양보할 각오였는데…… 이걸로 서로 가시밭길에 들어섰군요."

"가시밭길 같은 건 진작에 익숙해."

내 인생은 대체로 가시밭길이다.

린타로는 어안이 벙벙해진 뒤 깊은 한숨을 쉬었다.

"정말 유감입니다……. 마음이 바뀌기를 기대하고 있을게요."

◆

방과 후.

텐노지 양의 연설을 확인한 나는 나리카의 연설을 들으러 갔다.

나리카가 오늘 연설하는 장소는 요전번의 죠토와 같은 교문 앞이었다. 연설 장소는 기본적으로 선착순으로 정하지만, 다른 회장 후보가 신청하지 않았을 때만 두 번 연속으로 같은 장소를 사용할 수 있다. 이번에는 우리가 교문 앞을 희망했기에, 죠토는 다른 장소에서 연설하게 되었다.

마이크를 잡은 나리카의 연설은 스피커를 통해 멀리까지 들렸다.

목소리도 알아듣기 쉽다. 매니지먼트 게임 이후, 나리카는 사람들 앞에서 프레젠테이션을 몇 번인가 경험하고 있다. 텐노지 양과 비교하면 아직 뒤떨어지지만, 연설이 서서히 세련돼지고 있었다.

나는 연설이 끝난 나리카에게 다가갔다.

"수고했어, 나리카. 처음으로 마이크를 써 본 느낌은 어때?"

"효과가 아주 좋다! 장소도 한몫해서, 여러 사람이 발걸음을 멈춰 주었어! 오늘 연설은 보람이 있어서 즐거웠다!"

흐르는 땀을 손수건으로 닦으며, 나리카는 말했다.

사람들 앞에 서는 것에 대한 공포는 아직 있을 테지만, 그 이상으로 보람을 느껴 마음이 위축되지 않고 끝난 모양이다.

순조롭다. 이대로 성공 체험을 쌓으면 나리카는 더욱 성장할 수 있다.

"이츠키, 지금부터 시간이 될까? 함께해 주면 좋겠는데……."

"좋아. 뭘 할 건데?"

"티파티다."

그 대답에, 나는 "응?" 하고 의문을 품었다.

"학교에서 티파티를 하는 건 당분간 삼가기로 했던 거 같은데……."

"아니, 그게 아니다."

나리카는 고개를 저었다.

"내가 주최하는, 다른 티파티다."

◆

연설이 끝난 나리카와 함께 학원의 카페로 향하자, 낯선 학생 세 명이 한 테이블에 둘러앉아 홍차나 커피를 마시고 있었다.

나리카가 테이블로 다가가자, 학생들이 가볍게 목례한다.

도무지 믿기 힘들지만, 이 자리에 있는 세 명은 나리카가 모은 모양이다.

친구를 사귀지 못해 내게 울며 매달렸던 그 나리카가 스스로 사람을 모아 이벤트를 기획한 거다……. 저택으로 돌아가면 울자. 오늘은 축하 감자칩 파티다.

"미안하다, 기다리게 했군."

나리카가 자리에 앉고, 나도 그 옆자리에 앉는다.

학생들이 나리카를 바라보았다. 나리카는 그 시선을 받으며 조용히 심호흡한다.

심호흡하는 나리카를 보고, 나는 한순간 히나코를 떠올렸다.

코노하나 히나코가 완벽한 숙녀를 연기하기 위한 가면. 나태한 본성을 숨긴 숙녀 모드. 그것과 비슷한 것이 지금의 나리카에게도 생겨나려고 한다.

겁쟁이인 자신을 이겨내고, 당당하게 행동하기 위한 가면.

하지만 히나코와 다르게 나리카는 그 가면을 스스로 원해서 쓰고 있다――.

"――회장으로 입후보한 미야코지마 나리카다. 다들, 오늘은 모여줘서 고맙다."

나리카의 씩씩한 태도에 분위기가 엄숙해진 것 같았다.

"이미 각자에게 전달했지만, 다시 한번 이야기하마. 이번 티파티는 선거 활동과는 전혀 관계없다. 나의 개인적인 흥미로 시작한 티파티다."

"흥미?" 라며 고개를 갸웃거리는 멤버들에게, 나리카는 이어서 설명한다.

"교류가 사람을 바꾼다. 그렇게 믿고, 나는 살롱을 만들고 싶다는 공약을 발표했다. 그렇다면 누구보다도 먼저 나 자신이 교류에 적극적이어야 한다. 그렇게 생각해서 지금의 내가 대화하고 싶은 사람들을 모아본 거다."

"그게, 우리인가요……."

"그래. 너는 회계 지망인 아베노 양이었지."

몸집이 작은 여학생이 작게 고개를 끄덕인다.

이어서 나리카는 나머지 남녀에게도 시선을 보냈다.

"서기 지망인 요도가와 군도, 서무 지망인 니시 양도 잘 와 주었다. 모두 알고 있겠지만, 이쪽은 나의 보좌를 맡고 있는 토모나리 이츠키. 부회장 지망이다."

나리카가 나를 소개해 주었기에, 가볍게 고개를 숙였다.

이번 티파티의 멤버를 처음 들었을 때는 놀랐다.

——모두가 학생회 가입을 지향하고 있는 사람들이다.

나리카는 모두의 반을 조사해 한 사람씩 부른 모양이다.

"그런 의미에서, 학생회 입후보자들의 티파티를 시작하지. 오늘은 여러분에 대해 여러 가지를 알아갔으면 한다. 예를 들어 학생회에 들어가서 무엇을 하고 싶은지…… 공통된 화제가 많으니 잘 이야기할 수 있을 거야."

"정말로, 그것만이 목적인가요?"

"물론이지."

아베노 양의 질문에 나리카는 당당하게 고개를 끄덕였다.

"그야 잘 생각해 보면 이상한 이야기 아닌가. 학생회는 회장 한 사람의 것이 아니야. 그런데 다른 임원 후보들에 대해 아무것도 모르는 채 선거에 임하는 건, 나는 납득이 가지 않았어."

꺼림칙한 구석이 하나도 없는 사람의 태도였다.

그 상쾌한 태도와 맞물려 나리카의 발언에서는 엄청난 설득력이 느껴졌다. 듣고 보니 확실히 그렇다며 마음속으로 감탄했다.
"알겠습니다. 뭐, 미야코지마 양은 겉과 속이 다르지 않을 것 같은 타입이니까요."
"그래. 나는 겉과 속을 다르게 할 수 있을 만큼 재주가 좋은 인간이 아니야."
아베노 양이 경계하는 것도 이해할 수 있다. 회장 후보 한 명이 일부러 다른 후보들을 모은 거다. 나쁜 거래라도 이루어지는 건 아닐까 하는 불안은 있었을 거다.
그렇다고는 해도, 사실 거래의 여지는 원래부터 없는 것이나 다름없다.
예를 들어 나리카가 '내가 회장이 되었을 때는 모두를 임원으로 뽑아 주겠다. 그러니 나 대신 표를 모아라.' 같은 제안을 한다고 해도, 이 사람들에게는 애초에 성립되지 않는다. 왜냐하면 회계와 서기, 서무는 입후보자가 한 명밖에 없어서 이미 학생회 입성이 확실하기 때문이다.
말하자면 이미 당선 확정인 사람들이다. 여기서 우아하게 홍차를 마시고 있어도 선거기간의 마지막 날에는 자동으로 학생회의 일원이 된다. 이 사람들은 거래에 응할 이유가 없다.
그렇기에 나리카는 편하게 대화할 수 있을 것으로 생각하고 모두를 모은 거다.
"저는 돈에 관해서 공부하려고 회계를 지망했습니다."
아베노 양이 회계를 지망하는 이유를 이야기한다.
"우리 할아버지는 아오바 은행의 은행장이에요."

"어?!"

나도 모르게 소리를 내며 놀라고 말았다.

입을 다물자, 아베노 양이 작게 한숨을 쉬며 말을 잇는다.

"할아버지는 시중 은행의 은행장이고, 아버지도 그 뒤를 따라가고 계세요. 두 분을 보고 자란 저도 자연스럽게 금융업계에서 일하고 싶다고 생각했습니다. 그래서 학생 시절에 돈과 관련된 것을 공부하고 싶어서 회계를 지망하고 있어요."

미안하지만 아베노 양의 설명은 절반 정도밖에 머릿속에 들어오지 않았다.

어이어이어이어이어이——.

아오바 은행이라고 하면 누구나 아는 금융업계의 큰손이다.

이 학교에서 여러 부호의 자녀들과 엮이며 설마 익숙해졌다고 생각했지만…… 오랜만에 얼굴이 떨릴 정도로 놀랐다.

"제가 서기를 지망하는 이유는 끝내주게 심플합니다. 매니지먼트 게임에서 활약하지 못했기 때문입니다!"

요도가와는 활발하고 시원시원한 남학생인 것 같았다.

이쪽도 겉과 속이 다르지 않은 성품인 모양이다. 올곧은 기질이 바로 전해져 온다.

"잘될 줄 알았던 비즈니스가 실패해서 낙담했습니다……. 하지만! 그렇다면 학생회 임원이 되어서 만회하면 된다고 생각했어요!"

"서기를 지망한 이유는 있나?"

"글씨 실력에 자신이 있었거든요!"

가슴을 펴고 그렇게 말한 요도가와였지만, 곧바로 고개를 숙이며 풀이 죽었다.

"그랬는데…… 미야코지마 양의 포스터를 보고 자신감이 깨졌습니다."

"아, 아니, 그건…… 우연히 내 특기 분야였다고나 할까……!!"

낙담한 요도가와를 보고, 나리카는 서둘러 기운을 북돋워 주려 했다.

하지만 그 겸손…… 회장 후보로서 괜찮을까.

여기에 모인 사람들은 모두가 학생회 임원을 지향할 정도로 행동력이 있다. 그렇다면 그들도 이 학교에서는 구심력이 클 것이다.

그런 사람들이 나리카의 실력을 의심한다면 친구들도 마찬가지로 의심할지도 모른다.

나리카는 이번 티파티가 선거와 관계없다고 말했지만, 내게는 나리카를 회장으로 만들기 위해 성심성의껏 노력할 사명이 있다.

나는 가볍게 헛기침하고 보충하기로 했다.

"나리카는 어릴 적부터 무도와 예도를 배웠습니다. 서예에 국한된 이야기가 아니라, 다도나 화도도 일류예요. 물론, 경기 대회에서 보여주었듯이 무도 실력도 교내에서 제일이겠죠."

"이, 이츠키? 그, 그렇게까지 칭찬할 필요는, 없지 않아……?"

"사실이잖아. 전에 다도를 보여주었을 때도, 정말 예뻤고."

"예, 예뻐?!"

나리카가 뺨을 붉히며 일어섰다.

"몸짓이 말이야."

"아, 아아…… 그런 건가."

나리카가 앉는다. 조금 오해할 표현이었을지도 모른다.

마지막으로 우리는 서무 지망인 여학생에게 시선을 보낸다.

"마지막은 니시 양이네. 니시 양은 1학년이라고 하던데……."

"네. 그렇다고는 해도, 그렇게까지 높은 목표 의식이 있는 건 아니라서 송구한데요……."

사양하는 기색으로 니시 양이 말한다.

"제가 서무를 목표로 하는 이유는 미야코지마 양과 비슷한데요. 다른 사람들과 교류할 수 있기 때문이에요."

나리카가 눈을 살짝 크게 떴다.

"저는 언니가 키오우 학원의 서무였으니까 알고 있는데요. 이 학교의 서무는 여러 가지 일을 맡게 되는 것 같아서요. 예를 들어 섭외로서 외부 사람들과 교류한다거나……."

"호오…… 그런 일을 하는 건가!"

흥미가 생긴 나리카에게, 니시 양은 서무 업무에 대해 계속해서 이야기한다.

나도 서무의 일이 그렇게 광범위할 줄은 몰랐기에 놀랐다.

티파티는 그 뒤로도 탈 없이 진행되었고, 거의 초면인 우리의 대화는 나리카의 예상대로 화기애애하게 달아올랐다.

◆

티파티가 끝난 뒤, 학생회 입성이 확정된 세 사람과 헤어진 나와 나리카는 한숨 돌렸다.

"수고했어. 좋은 티파티였네."

"응. 모두에 대해 많이 알게 된 것 같다."

교문까지 걸어가는 세 사람을, 나리카는 뒤에서 기쁜 듯이 배웅했다.

"하지만 이런 티파티를 주최한다면 내게 도움을 받아도 되는데? 지금의 나는 나리카의 보좌고, 혼자서 사람을 모으는 건 힘들잖아?"

"아니, 그게, 나도 처음에는 이츠키에게 의지할 생각이었다만…… 적어도 다른 사람과 관계되는 부분만큼은 스스로 해두자고 생각했다."

"그것도 공약을 지키기 위해서야?"

"그래. 공약…… 즉, 나 자신의 변하고 싶다는 마음을 관철하기 위해서지."

그렇다면 내가 돕는 건 눈치 없는 짓이다.

철저히 숨어서 돕는 것도 보좌의 소임이다. 나리카를 돕고 싶은 나머지 나리카의 일까지 빼앗아 버려서는 안 된다.

"처음 만나는 사람과도 대화할 수 있게 되었네."

"그렇긴 하지……. 하지만 갑자기 예쁘다는 말을 들었을 때는 놀랐다."

"아니, 미안해. 확실히 그건 표현이 나빴어."

볼을 부풀리는 나리카에게 깔끔하게 사과하자, 나리카는 잠시 생각에 잠겼다.

"몸짓뿐인가……?"

"어?"

나리카가 내 어깨를 두 손으로 힘껏 잡았다.

"정말로, 예뻤던 건 몸짓뿐인가?"

가까워가까워가까워가까워——.

어깨를 잡혀서 도망칠 수도 없다.

나는 눈앞에 있는 나리카의 얼굴을 피해 눈을 돌렸다.

"너, 너, 그러니까 이런 건 그만두라고……!!"

"이렇게 하지 않으면 이츠키는 도망칠 것 같으니까 말이다."

맞는 말이긴 하지만!

"자, 대답해라! 몸짓만 예뻤던 거냐?!"

아무리 생각해도 해답을 알고 하는 짓으로 보였다.

나는 단념하고 입을 연다.

"나리카도, 예뻤어."

"후, 후후후! 그런가. 그것참 다행이로군!"

만족한 나리카가 내 어깨에서 손을 뗐다.

"이번 휴일의 티파티에는, 기모노를 입고 가는 것도 좋을지 모르겠군."

"그만해……."

심장 근처를 손으로 누른다.

믿을 수 없을 정도로 고동이 가속하고 있었다……. 가속한 이유가 단순히 놀라서 그런 것이 아님을 자각한 나는, 한동안 나리카의 얼굴을 볼 수 없었다.

"강제로 밀어붙이는 건 금지야. 나리카가 몸을 쓰기 시작하면 당해낼 수 없잖아."

무도의 달인인 나리카가 타고난 운동 능력을 써먹으면 이길 수가 없다……라는 건 핑계고, 솔직히 이걸 계속 당하면 여러 의미로 심장이 버티질 못한다.

하지만 그런 내 말을 듣고, 나리카는 몹시 진지한 얼굴로 생각에 잠겼다.

"그런가……. 내가 진심을 내면, 이츠키는 저항할 수 없나."

"어이."

어이…… 어이?

안 되거든? 역시 그건………… 왜 그렇게 진지한 얼굴인 건데?

"……………………………최후의 수단이군."

야.

말도 안 되는 중얼거림이 들린 것 같았다.

"농담이다. 이츠키까지 무서워하면 싫으니까."

"딱히 내가 나리카를 무서워할 일은 없지만, 남들이 보면 오해할지도 모르니까 그만둬."

"알았다. 장소를 가려서 해야겠군."

장소를 가리면 해도 된다는 뜻이 아니라고.

뭐, 이러니저러니 해도 내가 저항하면 나리카도 금방 그만둘 테고, 그 정도 조절은 나름대로 하고 있을 거라 믿고 싶다……. 믿어도 되겠지?

"정말이지…… 예전의 겁쟁이 같은 모습은 눈곱만큼도 없네."

"아니, 나는 여전히 겁쟁이다. 겁쟁이니까 다른 여자에게 이츠키를 빼앗기는 게 무서워서 이렇게 공세를 펼치는 거다."

"다른 여자라니……. 생각이 너무 지나친 거 아니야?"

"이츠키가 그렇게 말할 수 있는 동안은 아직 안심할 수 있다만."

나리카는 어이없다는 얼굴로 한숨을 푹 쉬었다.

그때, 주머니 속에서 진동으로 전화 알림이 떠서 스마트폰을 꺼냈다.

"텐노지 양이야."

"거봐라. 말하기가 무섭게 다른 여자지."

"다른 여자라고 하는 거 그만둬."

나는 텐노지 양의 보좌도 하니까, 연락이 잦은 건 당연하잖아.

곧바로 전화를 받았다.

"무슨 일이죠?"

『갑자기 실례하겠어요. 사실은 꼭 좀 알아봐 주었으면 하는 게 있어요.』

조사할 일인가. 그 정도야 식은 죽 먹기지.

입술을 삐죽이는 나리카로부터 눈을 돌려 머릿속을 전환한다.

하지만 조사하고 싶은 내용을 들은 나는…… 잠시 할 말을 잃을 정도로 놀랐다.

◆

그날 밤.

밤 11시. 히나코는 진작 잠들었을 시간에 나는 노트북 앞에서 텐노지 양에게 전화를 걸었다.

『기다리고 있었어요, 이츠키 씨.』

스피커 모드로 한 스마트폰에서 텐노지 양의 목소리가 들린다.

서로 편하게 이야기할 수 있는 상황인 듯, 나도 아주 조금 긴장을 풀었다.

"부탁했던 것, 준비됐어."

『진짜 빠르네요. 설마 오늘 안에 결과가 나올 줄은 몰랐어요.』

"매니지먼트 게임 덕분에 지인이 꽤 늘었으니까. 스미노에 양도 협력해 줘서 여러 사람에게 의견을 들을 수 있었어. 지금, 데이터를 보낼게."

방과 후에 부탁받았던 것을 송신했다.

『받았어요.』

"확인해 줘. 그나저나 이걸 조사해 달라는 말을 들었을 때는 놀랐어."

『그렇겠죠. 저로서도 용기가 필요한 결단이었으니까요.』

예사롭지 않은 용기가 필요했음은 틀림없다. 텐노지 양이 조사하고 싶었던 건——.

『사실은 코노하나 히나코가 회장이 되길 바란 사람들이 무엇을 원했는가. 회장으로 입후보한 저는 그걸 확인해야 해요.』

키오우 학원에서 제일가는 유명인은 역시 히나코다. 그런 히나코가 회장이 되길 바란 사람은 아주 많다. 하지만 히나코는 입후보하지 않았다. 결과적으로 그 사람들은 이 선거라는 소용돌이

속에서 방황하고 있다.

"실제로 그곳이 최대의 부동표가 됐으니까."

『네. 현재 코노하나 히나코가 회장이 되는 미래를 바랐던 사람들은 그 희망을 버리고 마지못해 다른 회장 후보를 지켜보고 있을 거랍니다. 하지만 저는 마지못한 성원에는 만족하지 않아요. 그들이 진심으로 저를 응원하기 위해서라도 그 속마음을 듣고 싶다고 생각했어요.』

당연히 옳은 말이다.

그런데도 내가 이토록 놀란 건…….

"그걸 텐노지 양의 입에서 듣게 될 줄이야……."

텐노지 양이 조용히 웃은 듯한 기분이 들었다.

『코노하나 히나코의 실력은, 제가 누구보다도 잘 알고 있다고 자부해요.』

히나코의 실력을 이해하기에, 텐노지 양은 이 일을 조사하기로 결심한 거다.

속마음은 복잡할 거다. 친구로서 자랑스럽게 느낄 수 있겠지만, 지금만큼은 분통함도 느끼고 있을 터다. 어쨌든 내가 송신한 데이터의 양은 방대했다.

텐노지 양에게 이 부탁을 받은 직후, 나는 간단한 설문을 작성해 신뢰할 수 있는 사람에게 퍼뜨려 달라며 전달했다. 결과적으로 방과 후의 단 반나절 만에 백 명 가까운 학생들의 답변이 모였다.

이 숫자는 히나코의 구심력 그 자체다.

우리는 지금 히나코의 압도적인 카리스마를 실감하고 있다.

"보낸 데이터는 참고가 될 것 같아? 오늘 안에 주고 싶어서 나는 내용을 훑어보기만 하고 확인은 제대로 못 했는데……."

『참고할 게 많아요.』

이어서 잠시 침묵의 시간이 이어졌다.

진지하게 데이터를 확인하고 있는 것이리라……. 복잡한 감정은 꾹 삼키고 금세 머릿속을 전환해 보였다. 이 멘탈은 텐노지 양답다.

『역시 코노하나 히나코는 반석 같은 조직 운영을 기대받고 있는 모양이네요. 교재의 수준 향상이나 비품 관리, 교정 청소 등, 세세한 희망 사항이 있어요.』

"교재는 학생회가 어떻게 할 수 있는 영역은 아닐 것 같지만 말이야."

『교원과 논의할 자리를 마련해 주길 바라는 거겠죠. 실제로 저도 지금보다 높은 수준의 교육을 받고 싶다고 생각할 때가 적지 않아요.』

지금보다 더, 높은 교육을………………?

우주 이야기라도 하는 걸까……?

의미를 너무 알 수 없어서 머릿속이 정지할 뻔했지만, 나도 유일하게 경제학만큼은 지금보다 어려운 수업을 들어보고 싶다. 컨설턴트가 되겠다고 결정한 지금, 경제학을 공부하려는 의욕만큼은 유독 컸다.

『대체로 현재의 키오우 학원을 유지하면서 각 분야의 한층 더 나은 수준 향상을 요구하는 것 같네요. 한편으로 변혁을 기대하는 사람들도 몇 명인가 있어요. 예를 들면 교내 신용카드 개발이나 오케스트라 상주……. 오케스트라 상주는 매력적이군요. 우아한 학교생활이 상상돼요.』

요구가 너무 셀럽스럽다.

그래도 학교에서 항상 프로 오케스트라를 들을 수 있다면 확실히 기분도 좋겠지.

『그 밖에 흥미로운 건…… 출신 지상주의 철폐도 있네요.』

"출신…… 쵸토 군의 공약 같은 걸 코노하나 양에게 요구하는 사람이 있었다는 건가."

『그런 셈이에요.』

히나코에게 그런 것을 요구하는 학생도 있었나. 조금 의외다.

"어떻게 할 거야? 지금 말한 것들을 공약에 추가할 거야?"

물론 그대로 추가할지 어떨지는 검토해야 하겠지만.

『이츠키 씨는 어떻게 생각하셔요?』

"텐노지 양의 방침과 일치하는 것만 받아들이는 게 좋다고 생각해. 전부 다 받아들이면 방향성이 엉망이 될 것 같으니까. 뭐든 손대는 기업은 장래가 불안해서 투자하기 힘들거든."

『그렇군요…….』

텐노지 양이 생각에 잠긴다.

하지만 잠시 기다려도 이어지는 말이 들리지 않았기에, 나는 의아하게 생각했다.

"텐노지 양?"

『조금, 무서워요…….』

텐노지 양이 작게 말했다.

『코노하나 히나코에게 기대하는 것들을 제가 짊어지고 이루어 주려고 하다가…… 제가 코노하나 히나코의 가짜로 전락해 버리지는 않을까요?』

그 걱정은 지당하다.

히나코에게 가는 기대를, 텐노지 양이 대신 짊어진다.

그러면 많은 학생의 기대에 부응할 수 있지만, 그렇다면 이미 히나코로 충분한 거다.

회상으로 입후보한 건 텐노지 양이다.

히나코의 대역을 요구받는 건 곤란하다는 우려는 물론 있는 법이지만…….

"괜찮아. 내가 보고 있어."

단언했다.

이런 때를 위해서 보좌가 있는 거다.

"텐노지 양의 브랜딩이 무너지지 않도록, 내가 세심한 주의를 기울일게. 텐노지 양을 코노하나 양의 카피로 만들지는 않아."

만일, 텐노지 양의 행동이 히나코에게 치우친다고 해도, 내가 그때마다 되돌려 놓겠다.

그렇게 되지 않도록 신중하게 행동할 생각이다. 중요한 것은 히나코에게 쏟아진 기대를 텐노지 양만의 방법으로 이루어 주는 거다. 그 점만 타협하지 않는다면 문제없을 터다.

『든든해지셨군요.』

"덕분에 말이죠."

텐노지 양에게 자세를 교정받았던 그날부터, 나는 필사적으로 반듯이 서 있는 거다.

『이츠키 씨를 믿고, 몇 가지를 받아들이도록 하죠.』

고마운 일이다. 내일까지는 방침을 굳혀두기로 하자.

『하지만 그렇게 되면, 제 방침과 일치하는 건 생각보다 적네요.』

"그렇네. 자잘한 것들만 넣어도 잘 전달되지 않을 테고……."

오케스트라의 상주 같은 건 텐노지 양의 이미지와 겹치기는 하지만, 매너를 익히게 한다는 공약에서는 조금 벗어나 있다. 음악 감상에도 매너는 있다는 식으로 억지로 끼워 맞출 수는 있지만, 억지로 이루어 주기에는 예산을 너무 필요로 하는 의견이다.

(나리카라면, 받아들일 수 있는 것이 있겠군.)

살롱이라는 새로운 시설을 만들 작정인 나리카의 공약이라면, 교내 신용카드의 시험적 운용 등 여러 가지를 할 수 있을 것 같다. 어쨌든 지금까지 없었던 새로운 환경을 만드는 것이니 무엇이든 가능하다. 얼마든지 꿈을 채워 넣을 수 있는 공약이다.

하지만 텐노지 양 앞에서 이걸 말하긴 망설여진다.

지금 내가 보고 있는 데이터는 텐노지 양이 굴욕을 견디며 모으게 한 거다. 그것을 나리카에게 넘겨도 될지는 경솔하게 물어볼 수 없다…….

『미야코지마 양에게도 공유할까요?』

모니터 앞에서 눈을 크게 떴다.

"괜찮은 거야?"

『좋고 나쁘고를 떠나서, 이츠키 씨도 알 거예요. 이 정보는 미야코지마 양도 알 가치가 있는 것이라고.』

내 생각도 꿰뚫어 보고 있는 모양이다.

나는 나리카의 보좌이기도 하다. 나리카에게 도움이 될 정보를 얻었다면 공유하고 싶다고 생각하는 건 당연한 일이다.

『주저하지 말고 알려주셔요. 이건 베풂이 아니라, 함께 이츠키 씨를 의지하고 있는 사람의 책무예요. 설령 이것으로 미야코지마 양이 유리해진다고 해도, 제가 당신을 의지했다는 판단을 후회할 일은 없답니다.』

덴노지 양과 나리카, 두 사람에게 있어서 아이디어를 다른 후보자와 공유하게 될지도 모른다는 건 리스크일 터.

하지만 생각해 보면 두 사람도 처음부터 그 리스크를 인지한 상태에서 나를 보좌로 선택해 준 것이리라. 왜냐하면――.

“나리카도 완전히 똑같은 말을 했어.”

『똑같은 말을요?』

“응. 사실 오늘 방과 후에, 나리카와 티파티를 했었는데…….”

나중에 이야기하려고 생각했던 것이지만, 타이밍이 좋으니 지금 설명한다.

나는 오늘 나리카와 티파티를 한 사실을 설명했다. 참가자는 다른 임원 후보들이라는 것을. 나리카 자신은 그것을 노린 게 아니었지만, 결과적으로 티파티의 내용이 회장을 목표로 하는 데 있어서 매우 유의미했다는 것을.

그리고 나리카가 이 결과를 텐노지 양에게도 알려주자고 제안했다는 것을.

『그렇군요. 정보를 공유해 줘서 고마워요.』

"그 말은 나리카에게 해줘."

내가 말하지 않아도 그렇게 할 생각이겠지만…….

두 사람의 대범함에 감탄의 한숨을 쉬고 있자니, PC에서 띠링! 하고 소리가 났다.

"응? ……나리카가 메시지를 보냈어."

『어머, 말하기가 무섭네요.』

이런 한밤중에 뭐지?

도착한 메시지를 즉시 확인하자――.

"풉?!"

나는 나도 모르게 사레가 들렸다.

나리카 : 이츠키가 예쁘다고 말해준 모습이다. 마음껏 봐도 좋다고.

기모노를 입은 나리카가 도발적인 포즈를 취한 사진이 화면 가득 표시되었다.

이 녀석이――!!

앞으로는 유혹하겠다고 선언했지만, 이런 방식까지 쓰는 건가.

본인의 얼굴이 조금 빨개진 것을 보니, 아직 유혹에는 익숙하지 않은 모양이지만…… 그 표정이 오히려 심장에 해롭다.

가슴 언저리의 옷매무새가 흐트러진 건 나리카 나름의 전략일까.

그만해……

평범하게 효과가 있으니까……!!

『이츠키 씨? 무슨 일이죠?』

"아, 아니, 잠깐 사진이 와서……."

『사진요……?』

얼떨결에 대답해 버렸지만, 곧바로 후회했다.

아차. 괜한 말을 해버렸나……?

『어떤 사진이 온 건가요?』

"그건……."

『이츠키 씨? 어떤 사진이 온 건가요?』

뭔가 말하지 않으면 끝없이 루프하는 상황에 빠지고 말았다.

나와 텐노지 양은 서로 거짓말하지 않기로 약속했다. 내가 진짜 신분을 숨긴 일로 텐노지 양에게 상처를 준 적이 있기 때문이다.

그러니――.

"묵비하겠어……."

우리는 거짓말 대신 말하고 싶지 않은 것이 있다면 솔직하게 말하기로 정했을 터다.

이 묵비는, 나와 텐노지 양의 약속의 증거……. 텐노지 양도 약속했을 때를 떠올리고 더 파고들지는 않겠지.

『그렇다면 미야코지마 양에게 물어보겠어요.』

"잠깐만."

필사적으로 내보낸 경고 신호를 평범하게 무시당했다.

뇌세포를 최대한 가동한다……. 지금의 나리카라면 질문에 평범하게 대답해 버릴 것 같다.

사진도 본문도 보여줄 수는 없지만, 무엇을 받았는지 가르쳐 주는 거라면 문제없을지도 모른다. 예쁘게 차려입고서 그것을 친구에게 공유하고 싶은 마음은 흔히 있는 법이니까.

직접 나리카에게 물어보면 사고가 터질 것 같으니, 그럴 바에는 차라리 내가 알려주는 게 훨씬 나았다.

"기모노를 입은 나리카의 사진이 온 거야. 잘 차려입었으니, 자랑하고 싶었던 거겠지."

『그런 것치고는 너무 놀라던데요?』

"아니, 그게…… 갑자기 와서……."

『흐응…… 그렇군요.』

텐노지 양과의 통화가 끊겼다.

마지막에 가서 어색한 분위기가 되었네…….

졸리지만, 텐노지 양과 나리카에게 공약 수정안을 보내야 한다. 오늘은 수면 시간을 조금 줄일까……. 그렇게 생각하고 있자니, 문을 두드리는 소리가 났다.

열린 문으로 시즈네 씨가 들어왔다.

"시즈네 씨? 무슨 일이에요?"

"간식이에요. 오늘은 밤늦게까지 애쓰고 있는 것 같아서요."

시즈네 씨가 책상에 컵을 놓는다.

곧바로 한 모금 마셨다. 따뜻한 허브티다. 감귤계 향이 나는 걸 보면 오렌지 필이 들어간 거겠지. 뒷맛이 깔끔해서 마시기 편하다.

"고맙습니다. 맛있어요."

"다행이네요. 카페인도, 수면 촉진 효과가 있는 허브도 넣지 않았으니, 안심하고 드세요."

홍차라면 카페인을 섭취해서 수면을 방해하고, 허브티 중에서도 카모마일 같은 건 수면 촉진 효능이 있기에, 아직 잠자지 않을 작정인 나로선 마시기 곤란하다. 시즈네 씨는 당연하다는 듯이 그것들을 제외한 블렌드를 만들어 준 모양이다.

시즈네 씨의 방에 있는 냉장고를 떠올렸다.

먼 길도 한 걸음부터……. 평소 성실하게 공부하니까 어떤 상황에서도 대응할 수 있는 지식이 몸에 밴 것이리라.

"이츠키 씨, 지금은 뭘 하죠?"

"텐노지 양의 제안으로 공약을 미세하게 수정하고 있어요."

"섬세한 작업이 되겠네요. 지금은 어떤 공약인가요?"

"지금은……."

노트북 안에 포스터 데이터가 들어있으니, 그걸 보여주는 게 빠를 거다.

파일을 열려고 생각한 그 순간―― 띠링! 하는 소리와 함께 메시지 수신을 알리는 알림창이 뜨고, 실수로 그쪽을 클릭하고 말았다.

"앗."

받은 메시지가 표시된다.

보낸 사람은, 텐노지 양이었다.

그 내용은 짧은 본문과……………… 텐노지 양의 셀카 사진이었다.

미레이 : 마지막 여름 의상이에요……. 어때요?

절대로, 평소에는 입지 않을 법한 레벨의 미니스커트였다.

아니나 다를까, 하반신에 위화감이 있는지, 텐노지 양은 뺨을 붉게 물들이며 치맛자락 근처를 손으로 붙잡고 있다.

하지만 내가 지금 생각해야 하는 건 텐노지 양의 스커트가 아니라 내 목숨이었다.

"………………호오. 이것이 공약인가요."

"아니, 그게, 아니에요. 이건 우연한, 대화의 흐름이라고 할까요……."

"이런 밤늦은 시간에, 동급생에게 선정적인 사진을 요구하는 이야기를 한 건가요?"

"아니에요! 요구한 적 없어요!"

텐노지 양이! 일방적으로 보낸 거라고요!

무죄를 주장하지만, 시즈네 씨의 눈은 한없이 차가웠다.

"답장해 주는 게 어때요?"

"에?"

"감상을 요구하잖아요. 자, 어서 답장하세요. 텐노지 님을 기다리게 해서는 안 됩니다."

시즈네 씨는 가만히 모니터를 응시하며 말했다.

내 감상을 자기 눈으로 확인하려는 건가……? 키보드 위에 올린 손가락이 덜덜 떨리고 있었다. 이런 상태로는 답장을 쓸 수 있을 리가 없다.

하지만 지금의 내게는—— 반격할 수단이 있다!

지막 여름 의상이에요……. 어때요?

"그렇다면 시즈네 씨의 코스프레만큼이나 공들인 의상이네요, 라고 답장할게요."

"앗?! 큭……!! 비, 비열한……!!"

평소 냉정한 시즈네 씨라고는 상상도 할 수 없을 만큼 허둥댔다.

나도 남의 약점을 이용하긴 싫지만…… 긴급 사태이니 사용하도록 하겠다.

"저, 전에도 말했을 텐데요, 저는 단순한 코스프레 취미인 게 아니라, 그것을 업무에도 잘 활용하고 있어요! 그런 말을 들을 이유는 없습니다!"

"또 그런 농담을. 메이드 옷이 입고 싶어 여기서 일하면서."

"농담이 아닙니다. 코노하나 가문의 사용인 옷도, 이츠키 씨가 사교계에 입고 나가는 옷도, 지난번 코노하나 그룹 사교계에서 히라노 양이 입었던 드레스도, 전부 제가 골랐습니다."

"정말 죄송합니다."

의자 위에서 머리를 숙여 절했다.

코스프레 취미가 무색해질 정도로 활약하고 계신다…….

"취미가 들키는 걸 피하려고 그다지 공표하지는 않지만…… 카겐 님과 아가씨의 의상도 대부분 제가 고르고 있습니다."

"배를 가르겠습니다."

식칼을 가져오자. 부엌에 있을 거다.

"할복은 됐으니까, 우선 답장하는 게 어떨까요? 저는 내용을 보지 않을 거니까."

"네……."

우리의 옷은 시즈네 씨가 고른 거였나. 조금이라도 취미인 코스프레로 연결될 가능성을 줄이고 싶어서 일부러 침묵하고 있었던 모양이다.

시즈네 씨는 이쪽으로 등을 돌려 PC 화면을 보고 있지 않다는 것을 어필한다.

기왕이면 처음부터 그렇게 해주길 바랐다.

"아, 저기……."

시즈네 씨가, 이쪽으로 등을 돌린 채 나지막하게 말했다.

"가능하다면 텐노지 님께 그 옷의 브랜드가 무엇인지 물어봐 주세요."

"알겠습니다……."

답장을 뭐라고 할지 고민하고 있었기에 딱 좋았다.

최대한 무난하게 텐노지 양에게 답장을 보냈다.

이츠키 : 멋진 옷이네요, 어느 브랜드인가요?

미레이 : 감상은 그걸로 끝인가요……?

아무래도 긴 밤을 각오하는 것이 좋을 것 같다.

나는 목 근육을 풀었다.

3장 남매의 갈등

선거기간 4일째.

"졸려어…………."

"미안해, 히나코. 오늘도 아침 일찍 나가서."

선거기간에 히나코는 내게 맞춰 평소보다 일찍 등교해 주고 있다. 수업 중에 잠들지 않을까 걱정되지만, 평소보다 일찍 자는 것으로 어떻게든 조절하고 있는 모양이다.

교실에서 히나코와 헤어진 나는 곧바로 가방에 두었던 전단지를 챙기고 교사 밖으로 나갔다.

오늘도 전단지 돌리기부터 힘내자……라고 생각하던 찰나,

"토모나리 씨, 잠시 괜찮을까요?"

등 뒤에서 목소리가 들려와 뒤돌아보았다.

"스미노에 양, 무슨 일이죠?"

마침 방금 등교한 스미노에 양이 심각한 표정으로 다가왔다.

"텐노지 님의 공약에 있는 각종 강좌 실시에 관해서 말인데…… 고액의 수강료를 낼 필요가 있다는 게 사실인가요?"

"네……?"

"어제 방과 후부터 조금 소문이 돌고 있어요. 아까도 복도를 걷

고 있을 때 그런 이야기를 하는 학생이 있었어요."

우리는 텐노지 양이 공약으로 내건 매너 강좌 실시에 관해서 되도록 학생에게 부담을 주지 않는 형태로 실현하고 싶다고 생각하고 있다. 하지만 이 부분은 키오우 학원 경영진과 상의하지 않으면 결정할 수 없는 것도 많아서 상세한 내용은 당선된 다음에야 확정할 수 있다.

"그런 사실은 없습니다. 사람을 가리는 강좌를 실시하는 건 텐노지 양의 공약을 생각하면 말이 안 되니까요……."

"그렇죠……."

누구나 고귀하게 살 수 있는 학교로 만든다——. 그것이 텐노지 양이 내건 목표다.

수강자를 한정하면 그 목표가 깨진다……. 애초에 키오우 학원 학생이 '고액' 이라고 말할 정도라면 엄청나게 비쌀 거다. 매너 강좌가 그렇게까지 비쌀 거라고는 생각되지 않는다.

이상한 소문이 다 돈다고 생각하고 있을 때——.

"아, 토모나리 군."

이번에는 키타가 말을 걸었다.

키타는 이쪽으로 다가와서, 나와 스미노에 양의 얼굴을 본다.

"미안해. 지금 바빠?"

"아뇨, 괜찮습니다. 무슨 일이죠?"

용건을 묻자, 키타는 난처한 표정을 지었다.

"그게, 미야코지마 양의 공약에 있는 살롱 말인데…… 초대제라서 집안이 좋은 일부 학생밖에 못 쓰는 거 아니냐는 소문이……."

말없이 스미노에 양과 얼굴을 마주 보았다.

뭐지? 나리카 쪽에서도 이상한 소문이 돌고 있는 건가?

"그런 사실은 없습니다."

"그, 그렇지? 나도 그렇게 생각했지만……."

키타는 우물우물 입술을 움직이며 말했다.

"……이 소문이 꽤 퍼져 있는 것 같아."

◆

점심시간.

점심을 먹을 새도 없이, 교사 2층 복도에서 긴급회의가 시작되었다.

"그렇군요, 우리에 대한 악평이 퍼지고 있다는 건가요."

오늘 아침에 최소한의 정보는 전했지만, 나는 다시 상황을 모두에게 설명했다. 텐노지 양, 나리카, 키타, 스미노에 양, 각자가 문제를 인식한다.

"네. 그래서 연설 내용을 수정했습니다. 확인해 주세요."

쉬는 시간에 틈틈이 만들고 있었던 개정판 연설 원고를 텐노지 양과 나리카에게 건넸다.

30분 뒤에 시작할 예정인 점심시간 연설에는 대응이 늦을지도 모르지만, 방과 후 연설에는 어떻게든 맞춰 주었으면 한다. 수정도 최소한으로 해두었다.

"두 분 모두, 갑작스러운 대응을 강요해서 죄송합니다."

"어쩔 수 없지요."

"그래. 이건 이츠키의 책임이 아니다."

두 사람이 그렇게 말해줄 건 어느 정도 예상하고 있었지만…….

"처음부터 상세히 설명했다면 이런 소문도 나지 않았을 거라고 봅니다. 임팩트를 너무 중시했을지도 모르겠네요."

"하나를 얻으려면 하나를 포기해야 하는 법이에요. 처음부터 자잘한 설명만 늘어놓았다면 다들 지루해했을 거예요."

두 사람 모두 나와는 달리 흔들리지 않았다.

하지만 나로서는 초조함을 느껴야 할 국면이다. 오늘 아침 선거 속보에 따르면, 텐노지 양과 나리카의 지지율이 각각 2퍼센트씩 하락하고, 쵸토가 약 5퍼센트의 지지율 상승에 성공했다. 숫자만 본다면 텐노지 양이나 나리카의 활동에 문제가 있어서 그런 것이 아니라 쵸토의 활동이 잘 풀렸다는 인상이지만, 소문과의 인과관계는 부정할 수 없다.

"다음 연설에서 소문을 불식할 거지? 그렇다면 문제없다고 나도 생각한다."

내가 너무 고민한 나머지 모처럼 긍정적인 태도를 보이는 두 사람에게 찬물을 끼얹는 것도 좋지 않겠지…….

하지만 원래라면 오늘은 수정판 공약을 연설할 예정이었다.

근거 없는 소문의 대응에 쫓기게 되어, 우리는 진행 속도를 늦출 수밖에 없는 상황에 빠졌다.

"구체적으로, 어떤 소문이 돌고 있어요?"

"어리석은 것밖에 없습니다."

텐노지 양의 질문에는 스미노에 양이 분한 기색으로 대답했다.

매너 강좌에 고액의 수강료가 든다는 소문에 대해서는 이미 설명했다. 그 밖에는…….

"예를 들어, 초빙한다는 특별 강사는 텐노지 그룹의 입김이 닿은 인물로 자기 잇속을 채우고 싶은 게 아니냐는 소문이……."

너무나도 어리석었다.

텐노지 양이, 그런 것을 생각할 리가 없다.

"그리고 냉정하게 생각하면 그 금발이 본래 머리색이 아닐 거라는 소문도……."

"그, 그그그, 그런 일은 없답니다?!"

그쪽은 꽤 예리한 소문이었다.

그나저나 그건 이미 선거와 관계없잖아…….

"점심도 먹어야 하니, 지금은 이걸로 해산하죠. 다음 이야기는 방과 후에 합시다."

이쯤에서 긴급회의를 마무리한다. 이미 시간을 많이 소비해 버렸다. 연설까지 앞으로 20분. 그때까지 개정판 연설 원고를 어디까지 외울 수 있을까.

각자 해산한 뒤, 교실로 돌아가려던 나는 아사히 양이 지켜보고 있다는 것을 깨달았다.

"아사히 양? 무슨 일 있나요?"

"아, 저기…… 으응, 아무 일도 아니야."

아무 일도 없는 것처럼 보이지는 않지만, 아사히 양은 내 시선을 피하며 교실에서 나갔다.

우리가 심각하게 대화하고 있어서 걱정해 준 걸까?

(나도, 히나코와 합류할까.)

히나코는 먼저 구 학생회관으로 향하고 있을…… 테지만, 엄청난 방향치이므로 조금이라도 헤맬 것 같으면 그 자리에 가만히 있으라고 말해 두었다.

도시락을 챙기고 교사를 나선 참에 히나코를 발견했다.

주위에 사람이 없는 것을 확인하고 평소 말투로 말을 건다.

"미안해. 히나코. 기다리게 했구나."

"응……."

돌아본 히나코의 표정은 평소보다 힘이 없었다.

"뭐랄까, 시들시들하지 않아?"

"……괜찮아."

나를 기다리는 동안 무슨 일이 있었던 걸까?

일단 평소 가던 장소로 향하려고 걷기 시작하자――.

"이제부터 점심이야?"

머리가 부스스한 남학생이 말을 걸어서, 나는 내디디던 발을 한 걸음 만에 멈췄다.

"쵸토 군……."

"처음 뵙겠습니다, 토모나리 군."

상대도 내 얼굴은 알고 있었던 모양이다. 쵸토는 싹싹하게 인사했다.

연설을 들었을 때는 거리가 있어서 몰랐지만…… 이렇게 곁에 서니 생각보다 키가 크다. 운동도 하고 있는 걸까? 부스스한 머리

때문에 어둡게 보이지만, 잘 보면 턱선이 날카롭고 이목구비가 뚜렷하다.

"잠깐만 코노하나 양과 이야기를 해도 될까? 점심이라도 먹으면서. 물론 토모나리 군도 함께해도 좋아."

그렇게 말하며 쵸토는 손에 들고 있는 도시락을 슬쩍 들어 보였다.

키오우 학원에는 일류 요리사들이 상주하는 식당이 있을 테지만, 쵸토도 우리와 마찬가지로 도시락파인 모양이다.

히나코를 힐끗 보니 역시 피곤해 보인다……. 나도 머릿속을 정리하고 싶고, 게다가 바빠서 길게 이야기할 수는 없을 것 같다. 미안하지만 사양해 두자.

"죄송합니다. 우리는 점심시간에 조용한 데서 쉬고 싶어서요."

"그런가……. 그렇다면 하다못해 3분만이라도 여기서 이야기를 나누게 해줘."

3분 정도라면 괜찮을지도…… 같은 생각이 들지 않는 건 아니지만, 히나코 하기 나름이다.

히나코가 조용히 고개를 끄덕였다. 너무 완강히 거절하는 것도 부자연스러우니 어쩔 수 없다.

"지겹도록 질문받았겠지만…… 어째서 회장으로 입후보하지 않은 거야?"

히나코의 표정이 살짝 굳었다. 그걸로 나는 히나코가 피로해하는 이유를 짐작했다.

계속해서 이 질문을 받았던 것이리라. 내가 모르는 곳에서, 히나코는 여러 학생에게 회장이 되지 않는 이유를 질문받고 있었던 거다.

시들시들해질 만도 하네…….

하지만 지금은 사람들 앞이다. 완벽한 숙녀라는 겉모습을 무너뜨릴 수는 없다.

"여러분께도 똑같이 대답하고 있지만, 집안의 일이 바쁘기 때문입니다. 다른 이유는 없습니다."

히나코는 부드럽게 대답한다. 하지만 쵸토는 물러서지 않았다.

"하지만 코노하나 양이라면 누구보다도 이 학교를 올바른 방향으로 이끌 수 있을 거야……. 재고해 줄 수는 없을까? 이 타이밍에 입후보하는 건 전대미문일지도 모르지만, 규정상 문제는 없을 거야. 코노하나 양이라면 지금부터 입후보해도 표를 모을 수 있어."

어이어이…….

설마, 지금부터 히나코에게 입후보하라고 말하는 건가……?

쵸토의 얼굴을 보니 진심으로 말하는 것 같았다.

숙녀 모드인 히나코도 이것에는 당혹스러워하고 있다.

도움의 손길을 내미는 게 좋겠군…….

"회장으로 입후보한 건 쵸토 군이니까, 키오우 학원을 이끄는 역할은 쵸토 군이 하면 되지 않나요?"

"그건……."

물론 나는 그 역할을 텐노지 양이나 나리카에게 맡기고 싶다고 생각하고 있지만…….

죠토는 안절부절못하며 시선을 이리저리 돌렸다.

"나는, 코노하나 양만큼 잘할 수 있다고 단정할 수 없으니까."

바닥을 응시하며 죠토가 말했다.

어이, 방금 말은…….

방금 말은…… 회장으로 입후보한 인간이 해도 될 말이 아니다.

죠토를 응원하는 사람이 이 말을 들으면 어떻게 생각하겠어.

"기대해 주셔서 정말 영광이에요."

히나코가 살짝 머리를 숙인다.

"하지만 저도 해야 하는 일이 아주 많습니다. 결코 나태하게 보내려는 것이 아니니, 그것만은 믿어 주셨으면 해요."

"…………알았어."

히나코의 태도를 보고 설득은 불가능하다고 판단했는지, 죠토는 입술을 깨물며 고개를 끄덕였다.

그러고 나서 죠토는 내 쪽을 보았다.

"토모나리 군. 동시에 두 사람을 보좌하면 힘들겠지만, 힘내."

"고맙습니다……."

"지금, 이상한 소문이 돌고 있는 모양이야. 필요하다면 내가 연설에서 정정해 줄게."

"정정이라니…… 죠토 군이요?"

우리는 하나뿐인 회장이라는 자리를 두고 경쟁하고 있다.

페어플레이를 바라는 것이라고는 해도, 역시 친절이 지나친 게 아닐까.

그런 내 의문을 꿰뚫어 본 것인지, 죠토는 힘없이 웃었다.

"나는, 이 학교가 더 좋은 방향으로 나아갈 수 있다면 누가 학생회장이 되어도 상관없다고 생각하고 있거든."

패기 없는 목소리, 어딘가 맥없는 태도로 죠토는 말한다.

대국을 보고 있으니까 딱히 자신이 할 필요는 없다고 생각하는 것일까. 어딘가 남 일 대하듯 하는 태도에 위화감이 들면서도, 그 발언이 왠지 익숙했다.

"린타로도 비슷한 말을 했었어요."

"린타로와 이야기했나. 나와 비슷한 생각의 소유자니까."

죠토는 한숨을 깊게 내쉬었다.

"시간을 뺏어서 미안해."

죠토가 교사 쪽으로 돌아간다.

나와 히나코는 그 뒷모습을 배웅했다.

"나는 저쪽 진영에서 스카우트 제의를 받았었어."

"어, 정말로……?"

놀라는 히나코에게 고개를 위아래로 끄덕였다.

"하지만, 그런 것치고는……."

"……응. 뭔가, 이상해."

히나코도 위화감이 생긴 듯했다.

나를 스카우트 하려는 것치고는, 선거에 그다지 적극적인 태도로 보이지 않는다.

그 이전에, 이쯤 되면 적극성의 문제가 아니라…….

"죠토는, 회장이 될 생각이 있는 걸까……?"

◆

선거기간 5일째 아침.

이날도 이른 아침에 등교한 나는 선거 속보를 통해 지지율 변화를 확인했다.

(어제와 거의 비슷한가.)

큰 변화는 없다. 텐노지 양이 39퍼센트, 나리카가 35퍼센트, 죠토가 26퍼센트 비율이 되었다.

속보로 발표되는 지지율은 전날에 집계한 결과다. 어제와 그저께 우리나 죠토의 선거 활동에 큰 변화는 없었기에, 역시 요전의 속보에서 지지율이 하락한 이유는 루머 때문이 아닐까 생각된다.

하지만 교내에 퍼졌던 악평은 어제 연설로 어느 정도 불식할 수 있었을 터다. 점심시간과 방과 후에 나는 두 사람의 연설을 들었지만, 둘 다 소문이 틀렸다는 것을 조리 있게 잘 설명하고 있었다. 악평으로 인해 떨어진 지지율은 그것이 오해라고 밝혀진 시점에서 원래대로 돌아올 거다. 내일이면 원래의 40퍼센트 지지율로 회복될지도 모른다.

(신경 쓰이는 건…… 죠토야.)

어제 저택으로 돌아온 뒤로도 여러모로 생각했다.

죠토는 어쩌면 이미 승부를 포기한 걸지도 모른다. 텐노지 양과 나리카 모두 키오우 학원에서는 유명인이다. 두 사람의 지지율을 뒤집긴 어렵겠지.

지금은 악평으로 차이가 좁혀졌지만, 이것을 쵸토의 힘이라고 말하기는 어렵다.

만약 쵸토에게 어떻게 해서든지 회장이 되고 말겠다는 야심이 있다면 이 악평을 좋은 기회로 봐서 지금이야말로 적극적으로 지지율을 키우려고 할 거다. 하지만 어제의 쵸토는 오히려 우리의 악평을 듣고 동정하는 표정마저 지었다.

"토모나리 군!"

"……키타 군?"

교정에서 전단지를 돌리고 있자니, 교시 쪽에서 키타가 달려왔다. 이제 막 전단지 돌리기를 시작하려던 참이었을 거다. 그 손에는 전단지 뭉치가 들려 있다.

"무슨 일인가요?"

"소문이 전혀 멈추지 않았어! 오히려 불어나고 있어!"

머릿속이 하얘졌다.

소문이 멈추지 않았다고? 어째서……?

"어떤 소문이 돌고 있나요……?"

"살롱을 만들기 위해 학교 카페를 헐어버린다든가. 그리고…… 미야코지마 양의 공약은 전부 토모나리 군이 만든 거라는 소문도 있어."

뭐야 그게…….

당혹스러운 내게, 키타는 사기가 들었나는 나쁜 소문을 더 설명해 주었다. 어느 쪽이든 어제까지는 전혀 돌지 않았던 소문밖에 없었다.

“토모나리 씨.”

스미노에 양이 심각한 표정으로 이쪽으로 다가온다.

그 얼굴을 보고 용건을 짐작했다.

“소문이 멈추지 않았나요……?”

“네. 어제 우리가 대책을 세운 소문과는 또 다른 소문이 퍼지고 있어요.”

“어떤 소문인지 가르쳐 주겠어요?”

스미노에 양이 말하는 소문의 내용은 어제와는 완전히 딴판이었고, 그러면서도 여러 종류가 있었다. 나리카와 마찬가지로 텐노지 양의 나쁜 소문도 새로이 퍼지고 있는 모양이다.

소문이 퍼지는 방식이 아무래도 부자연스럽다. 원래 있던 의혹이 부풀어 파생되었다기보다, 완전히 새로운 소문이 몇 개나 나타나고 있다. 소문의 방향성이 뒤죽박죽이라고 할까, 이 소문들이 학생들의 뜻이라고 한다면 너무나 두서가 없다.

애초에 우리가 이전 소문에 대처한 직후, 또 갑자기 새로운 소문이 대신하기라도 하듯 퍼지는 일이 있을 수 있을까?

어제 우리는 교내에서 들리는 소문을 한차례 조사해 하나하나 정정했다. 정정한 다음 날 나쁜 소문이 뿌리 뽑힐 거라는 안이한 생각은 하지 않는다. 하지만 어째서 이 타이밍에 어제까지는 없었던 소문이 대량으로 나돌고 있는 거지?

“이건………….”

겨우 나는 상황을 정확히 이해했다.

소문이 찔끔찔끔 풀리는 감각. 그로 인해 우리가 언제까지고 소문 부정에 쫓기게 되어, 연설의 질을 끌어올리지 못하는 정체감.

우리가 제자리걸음을 할 수밖에 없는 이 상황은, 의도적으로 만들어져 있다.

"…………네거티브 캠페인이군."

네거티브 캠페인.

대립하는 세력의 부정적인 인상을 고의적으로 퍼뜨림으로써, 자신들의 이미지를 상대적으로 향상시키는 것……. 선거에서는 정석인 전략이다.

문득, 타쿠마 씨와 이야기했던 것이 떠올랐다.

——그런데 이츠키 군. 매니지먼트 게임에서는 어떤 한 가지가 빠져 있었네. 그게 뭔지 알겠나?

아아…… 지금이라면 알 수 있다.

이제야 깨닫고 말았다.

정답은—— 모략.

다른 사람을 함정에 빠뜨리는 책략이다.

매니지먼트 게임은 숫자의 승부였다. 시스템에 의해 할 수 있는 일과 할 수 없는 일이 구별되었고, 그것이 엄격한 규정이 되었다.

스미노에 양이 내 회사를 매수하려고 했던 건도, 경영자의 시선에서 생각하면 승산 있는 전략이었다. 자기 회사를 확대하기 위한 직진이었을 뿐, 모략은 아니다.

하지만 지금 내가 직면하고 있는 건 [illegible] 악의라고 해도 과언이 아닌 비열한 수단.

키오우 학원 학생은 모두 품행방정할 줄 알았는데…… 그런 내 생각이 안이했던 걸까?

(쵸토가 퍼뜨린 건가?)

네거티브 캠페인이라는 것을 깨달은 지금, 그 주모자는 쵸토 진영이 틀림없다. 하지만 퍼지고 있는 수많은 소문의 배후에서는 쵸토의 얼굴이 도무지 보이지 않았다.

쵸토가 아니라는 기분이 든다.

자신의 연설에서 우리의 소문을 부정해 주겠다고 제안한 남자다. 선거전에 의욕이 없어서인지, 아니면 사람이 좋은 것인지, 어느 쪽이든 그런 말을 하는 그가 네거티브 캠페인의 주모자라고는 생각되지 않는다.

"토모나리 군, 무슨 일이야?"

이름이 불려 고개를 들자, 아사히 양이 멍한 표정으로 이쪽을 보고 있었다.

아사히 양은 가방을 들고 있다. 마침 등교한 직후인 모양이다. 교사로 향하던 도중, 교정 한구석에서 무거운 분위기를 풍기고 있는 우리를 보고 걱정해 준 듯했다.

"아사히 양, 사실은……."

발이 넓은 아사히 양이라면 네거티브 캠페인 대책에 대해 좋은 의견을 줄지도 모른다. 그런 생각에 나는 아사히 양에게 사정을 설명했다.

오늘이 되어 새로이 악평이 퍼지고 있다는 것.

상황으로 미루어 보아, 아마도 쵸토 진영에서 네거티브 캠페인을 벌이고 있다는 것.

그것들을 간단히 설명하자……

"으……."

아사히 양은 얼굴이 창백해지며 놀랐다.

그 반응에 우리도 놀란다.

마치, 뭔가 짚이는 데가 있는 듯한――.

"미안해! 잠깐 볼일이 생겨서!"

아사히 양은 가방을 내팽개치고 교사를 향해 뛰어갔다.

"아사히 양?!"

볼일이라니…… 이런 타이밍에 달려 나가는 건, 아무리 생각해도 네거티브 캠페인과 관계가 있는 게 분명하다.

나는 아사히 양의 가방을 챙겼다.

"죄송합니다! 전단지 돌리는 일은 맡길게요!"

전단지를 키타에게 건네고, 아사히 양을 뒤쫓는다.

교사에 들어간 아사히 양은 신발도 갈아신지 않고 곧장 복도를 달렸다. 뒤쫓으려면 나도 신발을 신은 채 교사로 들어갈 수밖에 없다.

(1학년 교사…….)

키오우 학원의 1학년 교사는 본교사와는 떨어진 위치에 있다. 연결 통로를 지나 계단을 오르고, 1학년용 교사에 들어간 아사히 양은 그대로 교실에 발을 들였다.

"――린타로!"

아사히 양의 고함이 울려 퍼진다.

교실 안에 있던 린타로는 갑작스러운 누나의 방문에 눈을 크게 뜨고 있었다.

"누나, 무슨 일이에요?"

"이런 방식은 안 된다고 했잖아!"

화가 머리끝까지 난 모습으로 아사히 양은 외쳤다.

이런 아사히 양은 본 적이 없다. 언제나 밝고 활기차며 명랑한 아사히 양은, 생각해 보면 주변 분위기를 살피는 능력도 뛰어났다. 그래서 A반의 무드 메이커인 거다.

그런 그녀가 지금은 주변의 시선을 전부 무시한 채 소리를 지르고 있다.

"진정하세요. 저는 누나가 무슨 말을 하는 건지——."

"——네거티브 캠페인!"

린타로의 얼굴이 굳었다.

린타로의 눈이, 찰나였지만 아사히 양의 뒤에 서 있는 내 쪽을 향했다.

그 눈동자는 소름 끼칠 정도로 차갑게 느껴졌지만, 다음 순간에는 원래대로 돌아와 있었다.

"무슨 말이죠……?"

"시치미 떼지 마! 나는 알아! 수법이 완전히 똑같은걸!"

아사히 양의 목소리는 분노에 차 있는 동시에 울음을 터뜨릴 것처럼 들렸다.

수법이 똑같다니, 무슨 의미지……?

아니, 그보다도 아사히 양은 네거티브 캠페인이 린타로의 소행이라고 생각하는 건가?

"린타로…… 이제 이런 짓은 그만둬. 기분은 알겠지만……."

아사히 양은 슬픈 얼굴로 입술을 깨물었다.

정적이 흐르는 교실에서, 린타로는 한숨을 쉬었다.

"시끄러워."

린타로가 아사히 양을 노려보았다.

그 눈은 조금 전의 아사히 양에게 지지 않을 정도로…… 끝없는 분노를 띠고 있었다.

"배신자가, 잘난 척 나한테 무슨 소리를 하는 거죠?"

"으——."

아사히 양이 말문이 막혔다.

그러고 나서 린타로는, 침묵하는 아사히 양으로부터 시선을 내게로 옮기더니 고개를 숙였다.

"토모나리 선배, 이상한 일에 말려들게 해서 실례했습니다."

"아니, 나는……."

"신경 쓰지 마세요. 이번 선거와는 관계없는, 그냥 남매 싸움이니까요."

그렇게 말하며 린타로는 교실에 있는 같은 반 친구들에게도 고개를 숙였다.

당황하고 있던 1학년들이 조금씩 원래의 평화롭고 떠들썩한 분위기를 되찾는다.

아사히 양은 입을 열지 않았다. 그 대신 소리가 들릴 정도로 강하게 이를 갈고는, 1학년 교실을 떠났다

◆

1학년 교사를 나선 후, 아사히 양은 조금 진정되었는지 신고 있었던 신발을 벗고 양말 차림으로 걷기 시작했다. 나도 똑같이 신발을 벗고, 아사히 양의 한 걸음 뒤를 걷는다.

신발장까지 실내화를 가지러 갈 줄 알았는데, 아사히 양은 연결통로 도중에서 신발을 다시 신고 안뜰 쪽으로 향했다.

나도 똑같이 신발을 신고 뒤를 쫓는다.

"좀 있으면 수업이 시작할 건데?"

이쪽을 돌아보지 않은 채, 아사히 양은 걸음을 멈추고 말했다.

"지금의 아사히 양을, 혼자 둘 수는 없으니까요."

"다정하네, 토모나리 군은……."

아사히 양의 목소리는 희미하게 떨리고 있었다.

"나도, 그만큼 다정하게 굴 수 있었으면 좋았을 텐데……."

자조하듯 웃은 아사히 양은, 안뜰 안쪽에 있는 테이블로 다가가 빈 의자에 앉았다.

아사히 양은 양손을 내밀어 정면에 앉으라고 권한다.

나는 아사히 양의 눈앞에 앉았다……. 1교시 수업은 쉬자.

"아사히 양. 린타로가 네거티브 캠페인의 주모자라고는 아직 단정할 수 없다고 생각해요. 아사히 양은 어쩌면 오해하고 있는 걸지도——."

"——린타로야."

아사히 양은 단언한다.

"린타로는 집에서도 똑같은 짓을 하니까…… 나는 알아."

아사히 양은 이야기를 시작한다.

"우리 회사, 사실은 좀 복잡하거든. 경영은 잘되고 있지만, 사원들 사이에 알력이 있어서……."

제스 홀딩스 이야기인가.

매니지먼트 게임 때 기업 정보를 조사한 적이 있다. 오랫동안 흑자가 지속되고 있는 우량 기업이었을 터인데…….

"사장인 아빠가 말이지, 키오우 학원의 졸업생이야. 하지만 가치관이 한쪽으로 치우쳤던 모양이라 사원들이 따라와 주지 않았거든. 금전 감각이나 말투 곳곳에서 드러나는 비상식적인 면이 신뢰를 깎아 먹었나 봐……. 거래처와의 회식에 돈을 너무 많이 썼대. 아빠로서는 중요한 거래처니까 신경을 쓴 것뿐이었지만."

아사히 양이 허탈한 미소를 지었다.

모르겠지? 뭐가 옳은지……. 그런 마음의 소리가 들렸다.

"경영에는 문제가 없으니까, 업무상의 감각은 올바르다고 생각해. 하지만 오산이었던 건 인간관계. 그건 학교에서 가르쳐 주지 않잖아……. 우리 회사의 사원들은 말이야, 정말로 일반인이 많으니까, 아빠 같은 사람은 겉돌았던 것 같아."

슬픈 듯이 아사히 양은 말했다.

"나랑 린타로는 말이지. 그런 아빠의 고생을 어릴 적부터 쭉 지켜봤어……. 지켜봤으니까, 이렇게 되면 안 되겠구나 하고 생각했어."

아사히 양은 어린 시절부터 고생했던 모양이다.

그다지 좋은 기분은 아니겠지. 자기 아버지가 사내에서는 거북한 존재로 여겨지고 있는 거다. 뒤에서 아버지를 지켜보는 아사히 양의 심경은 도저히 상상할 수 없다.

"그래서 말이야, 어릴 때 나랑 린타로는 약속했어. 둘이서, 진정한 의미로 서민의 편이 될 수 있는 회사를 만들자고."

아사히 양의 과거를 듣고 내 안에서 점과 점이 선으로 이어졌다.

린타로는 장래에 창업하겠다고 말했었다.

그리고…… 린타로는 아사히 양을 배신자라고 했다.

"둘이서 창업하기로 약속했었군요."

"응. 하지만 내가 그 약속을 깼어."

조용히 고개를 끄덕인 아사히 양은, 테이블 위에서 자기 손등을 손톱으로 꾹 눌렀다.

마치 속죄 같았다. 이 이야기를 하는 이상 고통이 따라야 한다는, 아사히 양의 자책감이 절절히 전해져 온다.

"나는 역시 회사를 잇기로 했어……. 그리고 배신당한 린타로는 혼자서 회사를 세우기 위해 수단을 가리지 않게 됐어."

린타로가 찰나의 순간 보여주었던, 소름 끼칠 정도로 차가운 눈빛을 떠올린다.

"린타로는 사장의 아들이라는 지위를 이용해 회사에 드나들게 되었어. 그리고 얼마 지나지 않아 사원들의 갈등은 한층 더 심해졌고."

어째서 갈등이 더 심해졌는가.

그 답을 아사히 양은 침통한 표정으로 이야기한다.

"린타로가 아빠에 대한 나쁜 소문을 퍼뜨리고 있었어. 그리고 장래에 자기가 창업할 것을 전하며 우수한 사원들을 빼돌리기 시작했지……. 린타로는 파벌을 만들었어. 아빠 편을 드는 사람들을 부르주아파라고 야유하며 자신들은 서민파라는 분위기를 만들었고. 린타로는 서민파 사람들을 모아서 머지않아 전부 데리고 나갈 생각인 것 같아."

린타로가 과거에 그런 짓을 했었기에 이번 네거티브 캠페인도 린타로가 한 짓이라고 아사히 양은 판단한 듯하다. 확실히 비슷한 상황이다.

"내가 린타로의 행동을 깨달았을 때는 이미 늦었어……. 당시 중학생인 아이가 태연하게 회사에 드나들며 아빠보다 더 존경받고 있었거든. 린타로에게는 그런 재능이 있었어. 지략…… 아니, 모략을 구사해서 목적을 달성하는 재능이……."

아사히 양은 힘없이 말했다.

동생의 이질적인 재능을 목격한 아사히 양의 고뇌가 그 목소리에서 느껴졌다.

"하지만 원래대로라면 전부…… 내가 린타로를 혼자 남긴 게 원인이야."

그 재능을 부채질한 건 자신이라며 아사히 양은 한탄한다.

"내가 린타로를 몰아세웠으니까…… 그런 내가 그만두라고 말해봤자 전해질 리 없겠지……."

시선을 떨어뜨리며 아사히 양은 말했다.

린타로의 관점에서 본다면 화내는 이유도 잘 이해가 간다. 둘이서 창업하자고 맹세했다. 하지만 누나는 배신하고 회사를 잇기로 했다. 고군분투를 강요받은 린타로가 초조함에 내몰린 나머지 수단과 방법을 가리지 않게 된 것에는 동정의 여지가 있다.

"미안해! 선거 때문에 바쁠 텐데 내 동생이 폐를 끼쳐서!"

아사히 양은 돌연 고개를 들더니 평소의 밝은 어조로 말했다.

"정말── 미안해! 분위기도 어둡게 만들고 지금의 나 최악이지! 그보다 1교시 수업 벌써 시작됐어! 빨리 교실로 가자! 토모나리 군, 지금은 중요한 시기니까 선생님한테 찍히고 싶지 않지?!"

아사히 양이 두 손을 모으고 머리를 숙이며 사과했다.

이제 낙담하지 않았다. 자신은 괜찮다. 완전히 기운을 차렸으니 신경 쓰지 마.

온몸으로 그렇게 주장하는 아사히 양을, 나는 똑바로 바라보았다.

"무리하지 않아도 돼요."

아사히 양의 웃는 얼굴이 딱딱해진다.

"지금 가장 상처받은 사람은 아사히 양이에요. 저는 신경 쓰지 마세요."

나를 배려해서 활기찬 척하는 걸 안다.

하지만…… 그건 나도 괴롭다.

진지한 표정이 된 아사히 양이 주르륵 눈물을 흘렸다. 이런 아사히 양은 처음 보지만, 그렇기에 아사히 양의 진짜 얼굴을 본 기분이 들었다.

언제나 밝고, 언제나 모두의 무드 메이커인 아사히 양.

하지만 아사히 양도 속에 끌어안은 고민이 있는 한 명의 인간인 거다.

모두와 마찬가지로 화를 낼 때도 있고, 눈물을 흘릴 때도 있다.

"미안해…… 조금만, 조금만 이럴 거니까……."

눈물은 점차 굵어져서, 아사히 양은 둑이 터진 것처럼 울기 시작했다.

"금방…… 평소대로 돌아올 테니까……."

"네……."

이렇게 상처를 입었는데도 여전히 눈앞에 있는 사람을 배려하는 건 아사히 양의 성품이리라.

평소대로 돌아오지 않아도 된다고 말하려고 했으나, 아사히 양에게 있어 평소라는 건 갑옷인 거다. 자기 마음을 지키기 위한.

선거기간이 시작된 날부터 아사히 양은 이따금 거북한 얼굴을 하고 있었다.

린타로를 어떻게 대해야 할지 쭉 혼자 고민한 것이리라.

조용히 눈물을 흘리는 아사히 양을 보며, 내 안에서 해야 할 일이 하나 늘었다.

오늘 점심시간── 린타로와 이야기하자.

◆

점심시간.

1학년 교사로 향한 나는 복도를 걷고 있는 린타로를 발견하고 말을 걸었다.

“린타로, 할 이야기가 있어.”

“좋아요.”

린타로는 이제부터 쇼토의 연설을 도울 예정이었던 모양이지만, 내 제안을 흔쾌히 수락해 주었다.

장소를 안뜰 테이블로 옮긴다. 린타로는 다른 사람들에게 들리고 싶지 않은 대화가 오갈 것을 짐작하고, 일부러 안쪽으로 걸어가 주었다.

기구하게도 린타로가 앉은 곳은 아사히 양의 회한이 배어 있는 자리였다.

“용건이 뭔가요? 우리 동지가 되어 주겠다는 건가요?”

“아니야.”

“유감이네요. 그 일이 아닐까 기대하고 있었는데요…….”

의자에 앉자마자 린타로는 기대가 섞인 눈으로 나를 바라보았지만, 나는 고개를 저었다.

그 기대를 했기에 연설 돕는 일을 제쳐두고 나와 대화할 시간을 내준 것이리라. 기대하게 한 점은 미안하다고 생각한다.

“아사히 양의 일로 할 이야기가 있어.”

단도직입적으로 말하자 린타로가 작게 한숨을 쉬었다.

“다시 한번 말씀드리지만, 그건 그냥 남매 싸움이에요. 토모나리 선배가 신경 쓰실 필요는 없습니다……. 애초에 누나는 제가 토모나리 선배의 진영에 네거티브 캠페인을 벌였다고 생각하는 모양입니다만, 그런 증거는 어디에도——.”

“——린타로, 너지?”

입을 다문 린타로에게, 나는 다시 한번 말했다.

“네거티브 캠페인을 벌인 건 너야.”

“어째서 그렇게 단정하는 거죠?”

시치미를 뗄 작정인 린타로에게, 나는 근거를 설명했다.

아사히 양의 예감이 옳았다는 근거를.

“지금 텐노지 양에 대한 나쁜 소문이 몇 가지 돌고 있어. 그 내용은 알고 있어?”

“뭐, 저도 선거 당사자니까 정보는 수집하고 있어요.”

그렇다면 이야기가 빠르다.

네거티브 캠페인의 피해를 본 건 나리카만이 아니라 텐노지 양도 마찬가지다. 나는 오늘 아침 스미노에 양에게 들은 소문 한 가지를 입에 담았다.

“드레스 코드 강좌는 학생들이 평소 참가하는 사교계의 레벨에 따라 나누어 진행되기 때문에, 집안의 격차가 확연히 드러나게 된다……. 그런 소문이 돌고 있어.”

“확실히 그런 소문은 들리더군요.”

그게 뭐 어쨌느냐는 듯이 린타로가 나를 보았다.

“텐노지 양은 드레스 코드 강좌를 한다는 말을 한마디도 하지 않았어.”

린타로가 눈을 크게 뜬다.

“하지만 토모나리 선배는 저와 이야기했을 때 말씀하셨었죠?

다음 연설에서는 드레스 코드 강좌를 실시한다는 취지를 설명하겠다고."

"그만뒀어. 이걸 연설에서 이야기하면, 지금 돌고 있는 소문과 똑같은 오해를 불러일으키지 않을까 싶어서."

연설 직전에 텐노지 양과 상의해서, 드레스 코드 강좌에 대한 설명을 취소했다.

누구나 고귀하게 살 수 있는 학교로 만든다. 그 목표를 내다보았을 때, 조금이라도 집안의 격이 드러날 공약은 그만두기로 판단했다.

그런데 어째서인지 소문으로는 텐노지 양이 드레스 코드 강좌를 실시한다고 하며, 그 사실에 대한 네거티브 캠페인까지 벌어지고 있다.

누군가가 우리의 계획을 누설한 거다.

"우리가 드레스 코드 강좌를 계획한 걸 아는 사람은…… 우리 말고는 린타로 너밖에 없어."

린타로가 입술을 굳게 다물고 침묵했다.

지금 학원에서 흐르고 있는 네거티브 캠페인은 죠토 진영이 이득을 보는 거다. 그 시점에서 죠토와 린타로에 대해서는 신경이 쓰이고 있었다. 하지만 굳이 린타로를 의심하는 또 하나의 이유가 있다면, 그건 소문이 퍼지는 속도였다.

텐노지 양과 나리가를 잘 아는 사람이라면, 그 소문은 금방 진실이 아니라는 것을 깨달을 수 있다.

두 사람의 고결한 모습은 많은 학생의 눈에 깊이 새겨져 있으며,

그렇기에 히나코와 어깨를 나란히 할 정도로 키오우 학원에서는 유명인이다. 그런 두 사람에 대해 아는 사람이라면 소문을 들었다고 해도 퍼뜨리지는 않고 무시하며 상대하지 않을 거다.

그런데도 소문은 퍼졌다.

즉, 텐노지 양과 나리카를 잘 모르는 사람들이 소문을 퍼뜨리고 있는 거다. 그것을 깨달은 나는 소문의 출처가 확실히 동급생은 아닐 것으로 생각했다. 3학년 아니면 1학년…… 3학년은 2학년 시절부터 1학년이었던 텐노지 양과 나리카를 봤을 테니, 지금의 1학년이 수상하다고 나는 생각했다.

소문의 불씨는 1학년들 사이에서 타오르며 번지고 있었던 거다.

그곳은 린타로의 독무대로, 우리가 손대기 어려운 영역이었다. 그래서 우리 귀에 그 소문이 닿을 즈음에는, 뒷수습에 급급할 수밖에 없을 정도로 퍼져 있었다.

린타로는 체념한 듯 숨을 내쉬며 고개를 숙인다.

"졌습니다. 선배의 예상대로, 네거티브 캠페인은 제가 주도하고 있습니다."

"순순히 인정하는구나."

"정황상의 증거라고 해도, 거기까지 설명하시면 부정할 수 없죠……. 자기 꾀에 넘어간다는 게 바로 이런 거군요. 소문을 퍼뜨리는 데 급급해서, 텐노지 양의 연설을 유심히 듣지 못했습니다."

린타로는 후회하는 심정을 밝혔다.

하긴, 텐노지 양의 연설을 똑바로 들었다면 우리가 드레스 코드 강좌를 취소한 사실을 눈치챘을 거다.

"솔직히 말해 네거티브 캠페인에 관해서는 시기를 봐서 토모나리 선배에게 말할 생각이었으니, 시기의 문제일 뿐이었지만요."

내게는 말할 생각이었다……?

어째서 내게는 들켜도 상관없다고 생각하는 거지?

"………………나를 바보 취급하는 거냐?"

짜증을 드러내자, 린타로가 경악한 눈치로 이쪽을 본다.

"토모나리 선배도 감정적으로 변하시는군요. 조금 더 이성적인 분이라고 생각했습니다."

"난 딱히 이성적인 게 아니야. 키오우 학원에서는 감정만으로 잘 풀리지 않는 일이 많았을 뿐이지."

그러니까 나도 화가 날 때가 있어.

나는 오늘 아침에 같이 이야기한 아사히 양을 떠올렸다. 평소 구김살 없는 태도를 버리고 눈물을 흘리던 아사히 양의 마음을 최대한 상상했다.

아사히 양이 더 이상…… 그런 표정을 짓게 놔두긴 싫다.

"아사히 양에게 사정을 들었어. 아사히 양이 가업을 잇기로 하면서, 혼자가 된 린타로가 막다른 길에 몰려 수단과 방법을 가리지 않게 되었다고."

"부정하지는 않겠습니다……."

린타로는 긍정했다.

"솔직히 동정하겠어…… 그래도 이런 방식은 좋지 않아."

고립된 린타로는 깊은 상처를 입었을 테지.

현실에서의 창업은 매니지먼트 게임과 비교도 안 될 만큼 험난

한 벽을 넘어서야 한다. 게다가 린타로의 목표는 상당히 큰 규모의 비즈니스일 거다. 혼자서 모든 것을 이루기는 어려울 거다.

중압감에 괴로워하며 막다른 길에 몰린 린타로의 초조함은 짐작하기 어렵지 않다.

그래도―――――.

"부탁이야. 다시는 소문을 퍼뜨리지 마. 아사히 양이 책임을 느끼고 괴로워하고 있어."

나는 린타로에게 머리를 숙였다.

텐노지 양과 나리카도 근거 없는 악평에 내심 상처받았을 거다.

이건 전략이 아니다. 모략이다. 린타로 일행이 선거전에서 이기기 위해서는 이치에 맞는 수단일지도 모르지만, 그것 때문에 상처받는 사람이 있다.

조용히 눈물을 흘리는 사람이 있다.

"고개를 들어 주세요."

천천히 고개를 들자, 린타로가 냉정하게 이쪽을 보고 있었다.

"그렇네요……."

린타로는 잠시 생각하더니 입을 열었다.

"그러면 선배가 이쪽 진영으로 와 준다면 그만둘게요."

"너……!"

"오해하지 마세요. 저는 선배를 바보 취급하는 게 아닙니다."

장난하는 건가 싶어서 일어선 내게, 린타로는 진지한 표정으로 말했다.

진심 어린 눈이다. 나는 린타로가 무슨 생각을 하는지 전혀 이해할 수 없지만, 한 번 보기만 해도 알 수 있는 그 진지한 눈에 꿰뚫려서 내 마음속 분노가 향할 곳을 잃었다.

"지금 코노하나 히나코 선배의 지지자들을 흡수하려고 하죠?"

"그걸 어떻게……."

"설문지를 돌린 것 같더군요. 코노하나 선배가 회장이 되었다면 무엇을 바랐을지 묻는 내용 말이에요. 그게 저한테도 왔습니다."

텐노지 양이 제안한, 히나코 지지자들의 요망을 조사하는 일이다. 그 설문지가 린타로에게도 전해진 모양이다.

이러면 방대한 결과가 얻어질 만도 하다. 그 설문조사가 반나절 만에 1학년에도 간 건가.

"발상도 대단하지만, 무엇보다 놀란 건 코노하나 선배에게 경쟁심을 불태우던 텐노지 선배가 그것을 받아들였다는 겁니다……. 필시 선배의 영향이겠죠. 토모나리 선배의, 키오우 학원답지 않은 능력이 주변 사람들에게 영향을 주고 있는 겁니다."

린타로는 머리를 숙인다.

"토모나리 선배, 동지가 되어 주세요. 우리에겐 당신이 필요합니다."

형세가 역전되었다.

하지만 모르겠다.

나는 린타로가 뭘 하고 싶은 건지 전혀 알 수 없다.

나를 향한 린타로의 존경은 거짓처럼 느껴지지 않았다. 이 자리에서만 그러는 척하는 것도 아닐 거다.

그래도…… 설령 린타로의 노림수가 뭐든 내 의지는 안 변한다.

"내가 회장으로 만들고 싶은 사람들은 따로 있어."

린타로는 숙인 머리를 들지 않았다.

나는 린타로가 지금 어떤 마음으로 고개를 떨구고 있는지 알 수 없었다.

◆

그날 방과 후. 코노하나 저택으로 돌아온 나는 자연스럽게 히나코에게 사정을 설명했다.

"……그렇구나. 소문은 아사히 양의 동생이 퍼뜨린 거야."

린타로가 우리를 함정에 빠뜨리려고 한다. 나는 그 사실만을 설명했다.

아사히 양의 집안 사정은 아무것도 말하지 않는 게 좋겠지. 아사히 양의 사생활을 마음대로 누설하는 건 거부감이 든다.

"……소문은, 멈춰 주는 거야?"

"모르겠어. 아마 멈추지 않을 것 같아."

린타로는 내가 쵸토의 진영에 가담한다면 멈춰도 좋다고 말했었다. 그 거래를 거절했으니까 린타로가 네거티브 캠페인을 멈출 가능성은 없다.

『이야기를 듣는 한, 린타로라는 그 소년은 네거티브 캠페인을 그만두지 않겠지. 실제로 선거에서도 효과를 발휘하고 있고.』

노트북 화면에 있는 타쿠마 씨가 태평하게 고했다.

히나코가 싫은 기색으로 노트북을 바라본다.

"……이츠키. 역시, 이 사람이랑 하는 통화 끊어도 돼?"

『안 돼. 애초에 우리 대화에 히나코가 끼어든 거잖아.』

"우우……."

지당한 말을 정면에서 맞고, 히나코는 볼을 부풀렸다.

내가 타쿠마 씨에게 영상 통화로 선거 상황을 보고하고 있을 때 히나코가 방에 들어온 거다. 원래부터 내가 학생회를 지망하게 된 계기는 타쿠마 씨의 발언이었고, 선거 진척에 대해서도 타쿠마 씨에게는 정기적으로 보고하고 있었다.

"타쿠마 씨가 말씀하셨던, 매니지먼트 게임에서 빠져 있었던 것의 정체를 알았습니다……. 모략을 말하는 거죠?"

『정답. 하지만 피해를 보고 나서야 깨닫다니 늦었네. 이츠키 군은 조금 더 사람을 의심해야 해.』

경계심이 부족했다는 건 나도 안다.

나는 텐노지 양과 나리카의 활동을 보좌하는 데만 의식을 집중하고 있었다. 이따금 쵸토 진영이 신경 쓰이기는 했으나, 그건 어디까지나 공약의 차별화나 연설 기법을 받아들이기 위한 것에 불과했다. 경계심이 아니라 보고 배우려는 마음가짐이었다.

그래도 최소한으로는 경계하고 있었다고 생각한다. 연설 장소를 선점당하지 않을지, 선거 활동에 사용하는 비품을 먼저 사용당하지 않을지. 그 정도는 주의하고 있었다……. 네거티브 캠페인은 그런 내 예상을 훌쩍 뛰어넘는 공격이었던 거다.

"기오우 학원 학생이 그럴 줄은 상상하지 못했어요."

『히나코 곁에 있다면 그렇게 생각하는 것도 어쩔 수 없지.』

무슨 의미일까?

『그 학교는 야심으로 가득한 사람이 많아서, 원래라면 그렇게 치사한 수단을 쓰는 사람도 제법 있거든……. 하지만 히나코 앞에서는 아무도 그런 짓을 안 해. 잔꾀를 부려 봤자 아무도 히나코를 이길 수 없으니까.』

본성이 게을러도 능력은 초일류인 히나코다. 확실히 그런 히나코에게는 모략 따위가 애초에 통하지 않는다.

그런 히나코의 곁에 있었기에, 나는 지금까지 보호받고 있었던 걸지도 모른다.

다른 사람에게 상처를 주는 노골적인 야심에서.

『키오우 학원에는 대개 두 종류의 인간이 있어. 경영자의 자녀인 경영자 타입과 정치가의 자녀인 정치가 타입이지……. 정치가 타입은 그런 수단을 쓰는 사람도 많아. 아무튼 그들은 어릴 때부터 권모술수의 세계에서 살고 있으니까. 생각해 보면 이츠키 군은 지금껏 경영자 타입 지인들과 지냈으니, 그 점을 분별하지 못했던 걸까?』

그러고 보니 나는 경영자 타입의 지인이 압도적으로 많다. 히나코가 그 대표격이고, 나 자신의 대외적인 신분도 그렇기에 끼리끼리 모이는 흐름 속에서 한쪽으로 치우쳤던 것이리라.

정치가 타입에 경향이 있듯이, 경영자 타입에도 어렴풋이 경향이 있다는 것을 엿볼 수 있다. 그들은 언제나 객관적인 성과를 제일로 중시했다. 그 증거로 키오우 학원의 성적 상위권에는 대부분 경영자 타입이 있다.

『린타로 군은 이쪽 태생인 모양이지만, 과거에 이런저런 일이 있어서 꼬여버린 거겠지. 그렇기에 그가 보좌하고 있는 회장 후보와 마음이 맞았던 거라고 생각해.』

경영자의 자녀로 태어났다고 해서 모두가 전형적인 인생을 따르는 건 아닌 모양이다. 린타로는 아사히 양과의 결별로 사고방식이 정치가 타입에 가까워졌고, 타고난 정치가 타입인 죠토와 의견이 맞물리게 된 걸지도 모른다.

하지만 그렇게 말한다면――.

"타쿠마 씨는 어떤가요……?"

나는 타쿠마 씨에게서도 정치가 타입 같은…… 수단과 방법을 가리지 않는 위태로움을 느끼고 있었다.

타쿠마 씨는 아주 잠깐 침묵하더니 입을 열었다.

『나도 과거에 무슨 일이 있었을지도 모르지.』

꾸민 미소로 얼버무렸다.

그냥 농담일까? 아니면…… 내게는 아직 말할 수 없는 무언가가 있는 걸까?

『어쨌든 사람에 따라서는 모략에 의존하지 않으면 이룰 수 없는 것도 있는 법이야.』

"그런가요……."

『그런 의미에서 이즈키 군에게도 모략을 익히게 해줄까. 사실 네 재능이 가장 잘 발휘되는 분야는 그쪽이거든. 이즈키 군이라면 당장이라도 내 흉내를――.』

히나코가 PC를 조작해 타쿠마 씨와의 통화를 끊었다.

"이츠키에게 그런 건 필요 없어."

"고마워……."

그런 식으로 신뢰해 주는 건 솔직히 기쁘다.

물론 나도 목적을 달성하기 위해서 남을 함정에 빠뜨리고 싶지는 않다.

"하지만, 의외야……."

히나코가 이상하다는 듯 말한다.

"쵸토 군 말인데……. 나는 조금밖에 모르지만, 아무리 이기기 위해서라고 해도 네거티브 캠페인을 묵인할 사람으로는 보이지 않았어……. 린타로는 어떻게 설득한 걸까."

"뭐, 타쿠마 씨의 논리로 말하자면 쵸토야말로 뼛속까지 정치가 타입이니까."

쵸토는 진영의 정점에 서 있는 사람이니, 보좌인 린타로의 행동은 전부 파악하고 있을 거다. 실제로 나는 텐노지 양과 나리카에게 활동 기록을 일일이 보고하고 있었다.

쵸토는 왜 린타로의 네거티브 캠페인을 묵인하고 있는 걸까?

아니면, 애초에——.

"타쿠마 씨는 그렇게 말했지만 말이야."

나는 히나코에게 내 생각을 말한다.

"나는, 린타로는 그런 느낌이 아니라고 생각하거든."

"……그런 느낌이라니?"

"뭐랄까, 모략에 의존하는 타입이 아니라고 할까……."

"응……? 하지만 실제로 나쁜 짓을 하고 있는데……."

나쁜 짓, 인가…….

히나코의 발언은 객관적이고, 태평하기에 무자비하며, 정곡을 찌르고 있었다.

뜬소문으로 대립 후보자의 이미지 실추를 꾀하는 린타로의 행동은 나쁜 짓이라고 단정해도 좋다. 만약 우리에게 켕기는 구석이 있고, 린타로가 정의감에서 그것을 폭로하는 형식이었다면 저쪽 진영에 대의명분이 있겠지.

"이츠키는 다정하니까…… 린타로에게 동정하고 있어?"

"뭐, 동정의 여지는 있다고 생각하지만……."

막다른 길에 몰려 수단과 방법을 가리지 않게 된 린타로를 과연 악으로 간주해도 되는 걸까?

성선설이라도 주장하는 듯한 기분이다.

하지만…….

(그런 느낌도, 아니란 말이지.)

린타로에 대해 조금 더 자세히 조사해 보자.

예감을 확신으로 바꾸기 위해서.

"그렇다면……."

타쿠마 씨와의 통화가 끝났음에도 나는 아직 노트북을 끄지 않았다.

오늘도 밤늦게까지 해야 할 일이 있다.

키보드를 두드리기 시작하는 나를, 히나코가 등 뒤에서 들여다보았다.

"선거 업무……?"

"아아. 아사히 양을 위해서라도 해두고 싶은 일이 있어서."

뒤에서 히나코가 고개를 갸웃거리는 기척이 느껴졌다.

"퍼진 루머를 전부 정정해 두고 싶어. 아사히 양이 책임을 느끼고 있으니까."

스프레드시트 소프트웨어를 실행한다.

키타와 스미노에 양 등의 협력을 받아, 교내에 퍼진 소문을 내가 지금 보는 파일에 정리했다. 남은 건 각각에 대한 답변을 준비해 알리기만 하면 되지만, 두 번째로 퍼진 네거티브 캠페인이라는 점도 있어서 지난번보다 복잡한 소문이 많고 종류도 다양했다. 실수로 빈틈이 있는 답변을 준비하면 다시 그곳을 찔릴 것이고, 모든 것에 적절한 답변을 마련하려면 시간이 걸릴 것 같았다.

(사실은 정정 이상의 것을 하고 싶었지만…….)

도저히 제시간에 마칠 자신이 없다.

선거기간은 오늘로 5일째고, 중간에 주말이 끼었다. 텐노지 양과 나리카의 공약을 확인한 린타로는 시간을 들여 느긋하게 네거티브 캠페인을 준비했으리라. 그 대처를 어제와 오늘 중으로 끝내야 하는 나는 당연하게도 업무량에 짓눌릴 것만 같았다.

"나도 도울까?"

"아니, 안 돕는 게 좋아."

일단 작업을 멈추고 히나코 쪽을 보았다.

"선거와 관계된 일이니까 말이야. 히나코가 도와줬다는 게 알려지면 그것만으로도 많은 사람이 표를 줄 거야. 그건 텐노지 양도 나리카도 원하지 않으니까, 마음만 받을게."

“……알았어.”

히나코는 조금 아쉬운 기색으로 납득했다.

완성된 연설 원고를 보게 하는 식의 확인 정도라면 문제없지만, 히나코의 행동이 직접적으로 우리의 성과가 되는 건 바람직하지 않다.

키오우 학원에는 히나코가 회장이 되길 바란 학생이 아주 많다. 만약 히나코가 특정 회장 후보를 편애한다면 그 학생들도 특정 회장 후보를 지지하게 될 거다.

물론 키오우 학원의 학생들도 바보는 아니다. 언제까지고 회장으로 입후보하지 않은 히나코의 뒷모습만 바라볼 수 없다는 것을 머지않아 한 사람 한 사람이 깨닫게 될 거다. 그렇기에 여기서 섣불리 히나코의 힘을 빌리면 그걸 방해할 거라고 생각했다.

선거기간에 들어선 뒤로 우리가 학원에서 티파티를 열지 않는다는 사실은 주변 사람들도 어렴풋이 눈치채고 있다……. 우리는 히나코를 정치적으로 이용할 생각이 없다. 부디 히나코와는 별개로 생각하고 투표에 임해 주길 바란다. 그런 우리의 의도는 똑바로 전해졌을 거다.

“미안해, 히나코.”

“아니야. 어쩔 수 없어. ……내가 너무 인기가 많아서.”

그렇긴 한데…….

그 대사를 낙담한 표정으로 말하는 사람도 있구나…….

(집중해야지.)

PC를 보며 소문에 대한 답변 리스트를 채워 나간다.

하지만 답변 하나를 생각하는 데 몇 분이 걸렸다. 의욕과는 정반대로 생각보다 작업이 진척되지 않아 초조함만이 쌓여 간다.

"음……."

소문의 종류를 분석하는 나를 보고 히나코가 작게 소리를 냈다.

일단 신경 쓰지 않고 작업을 계속하고 있자니…….

"으으으음…………."

히나코가 인상을 쓰고 내 작업을 보고 있었다.

엄청나게…… 뭔가 말하고 싶은 눈치다…….

아마도 내 방식에 문제가 있는 거겠지. 하지만 내가 조언은 필요없다고 말하는 바람에 히나코는 입을 다문 채 조용히 지켜보고 있다.

(실제로…… 이대로 가면 절대로 제시간에 못 맞추겠지.)

텐노지 양과 나리카를 이기게 하기 위해서도, 그리고 아사히 양을 위해서도, 가능하다면 다음 날 아침까지는 모든 소문을 부정하고 싶다. 하지만 내 능력으로는 밤을 새워도 도저히 끝낼 수 없을 것 같았다.

(그러고 보니 타쿠마 씨가 말했었지.)

히나코에게 의지하는 걸 추천한다고.

실무 능력에서는 카겐 씨도 인정할 정도의 천재인 히나코. 이 절박한 상황에서 그런 히나코에게 의지하지 않기로 한 나는 성실한 게 아니라 멍청한 거 아닐까?

"직접 도움을 받을 수는 없지만……."

고민 끝에 나는 나름대로의 타협안을 도출했다.

"이런 방대한 데이터를 다룰 때의 요령 같은 게 있어?"

"……있어!"

내가 의지한 것이 기쁜지 히나코는 활기차게 말했다.

"있지만…… 가르쳐 주는 대신에 보상을 원해."

"보상?"

히나코에게 보상이라고 하면…….

나는 책상 서랍에서 과자 봉지를 꺼냈다.

"자, 감자칩이야."

"그, 그런 게 아니라……!"

"감자칩이 아니라고……?!"

말도 안 돼?!

내일 폭설이라도 내리나?!

천재지변의 전조인가?!

"……그렇게 놀라지 마."

말도 안 되는 소리 하지 마.

지금까지의 행동을 생각하면 보상이라고 하면 무조건 감자칩일 줄 알았는데, 히나코는 조금 불만인 듯 볼을 부풀리고 있었다.

히나코는 내 침대로 다가오더니.

"…………여기서 일해."

매트리스를 마다 두드렸다.

"상관없긴 한데, 그게 보상이야?"

"……응."

잘 모르겠지만 따르기로 했다.

노트북이라 침대 위에서 일하는 건 가능하다.

내가 침대에 걸터앉자——.

"그리고………… 이렇게 할 거야."

히나코는 나와 PC 사이로 파고들었다.

벌린 다리 사이에 히나코가 쏙 들어왔다.

"저기, 히나코. 이건 좀……."

"……이, 이렇게 하는 게 가르쳐 주기 편하니까."

화면이 거의 안 보이는뎁쇼…….

온몸이 거의 밀착했다. 숨을 쉴 때마다 달콤한 향기가 난다.

(진정해, 진정하라고……. 히나코는 그저 어리광을 부리고 싶을 뿐이야…….)

시중 담당이 되고 나서 가장 갈고닦은 기술은 무념무상의 경지로 전환하는 속도일지도 모른다.

평정심을 유지하고자 몸을 조금 뒤로 젖혀서 히나코와 거리를 둔다.

"……이츠키?"

"왜, 왜?"

멀어지려는 내 팔을 히나코는 붙잡아 자기 쪽으로 끌어당겼다.

"…………똑바로 붙잡아 줘."

이것을 가족의 거리감으로 받아들이긴 너무나도 어려웠다.

심장이 쿵쾅쿵쾅 뛰고 있다. 정신이 이상해질 것만 같다.

(이 이상은…… 위험해!)

동요한 나머지 온몸에서 땀이 나왔다.

새하얘진 머리를 다짜고짜 가동시킨다.

애초에 우리는 뭘 하고 있었더라? ……아, 그랬지. 히나코에게 업무 요령을 배우는 중이었다.

"히, 히나코! 저기, 어떤 요령을 가르쳐 줄 거야?!"

제대로 말할 수 없었지만, 히나코도 냉정하지 못했던 것인지 "으이……." 하고 이상한 소리를 입 밖으로 흘리며 화면을 보았다.

히나코가 실천하고 있는, 방대한 데이터를 다루는 요령이란 대체 무엇인가.

히나코는 잠시 생각한 뒤 다시 입을 열었다.

"많은 데이터는…… 이렇게, 뭉클뭉클하게 만든 다음 정리하는 느낌으로……."

"뭉클뭉클……."

안 되겠다. 전혀 모르겠다.

내 머릿속에 느긋하게 하늘을 떠다니는 구름이 떠올랐다.

"으음…… 잠깐만, 언어화할게……."

"어려우면 딱히 안 해도 되니까."

"싫어…… 이츠키에게 힘이 되고 싶어……."

히나코는 진지하게 생각하는 기색을 보인다.

나는 속으로, 히나코라면 시간만 들인다면 언어화할 수 있다고 생각했다.

히나코는 언제나 본래의 게으름뱅이 모드와 완벽한 숙녀 모드를 적절히 전환하고 있지만, 전환하는 건 어디까지나 겉으로 드러나는 성격일 뿐 능력은 그대로다. 지금 같은 원래 상태라면 어쨌든 의욕이 없기에 빵점짜리 생활력이 겉으로 드러나지만, 반대로 의욕만 따른다면 숙녀 모드일 때처럼 행동할 수 있는 거다.

완벽한 숙녀로서 행동하고 있을 때의 히나코는 자주 같은 반 아이들의 공부를 도와준다. 즉, 히나코에게는 원래부터 남을 잘 가르치는 능력이 있을 거다.

그것도 그 엘리트밖에 없는 키오우 학원의 학생들이 의지할 능력이…….

"……이츠키는 데이터 이면을 보는 건 잘하지만, 데이터 전체는 한눈에 보지 못하고 있어."

사고의 언어화가 완료된 히나코가 다시 말했다.

"모든 데이터는…… 추상화해서 본질별로 분류하는 것부터 시작해. 예를 들어 이 소문과 이 소문은 본질적으로 둘 다 텐노지 양의 사리사욕을 의심하는 것이니까……."

"그렇구나. 거기까지 분석하면 하나의 답변으로 끝나겠군."

히나코가 끄덕이며 고개를 수직으로 흔들었다.

"내 감각이지만…… 본질을 꿰뚫어 보는 후각이 중요해. 표면상의 문제만 보면 대화가 제자리걸음이 될 때도 있고…… 수고도 드니까 귀찮아."

마지막의 '귀찮아'가 본심이라는 건 알 수 있었다.

그나저나 본질을 꿰뚫어 보는 후각인가……. 좋은 걸 배웠다.

나는 지금까지 데이터 뒤에 있는 인간을 보는 데는 자신이 있었지만, 데이터 자체에도 본질이 있는 셈이다.

아마도 나는 나만의 방식으로도 데이터의 본질을 꿰뚫어 볼 수 있을 거다. 매니지먼트 게임에서 이쿠노와 교섭했을 때가 좋은 사례다. 나는 이쿠노가 정말로 하고 싶었던 것…… 즉, 본질을 꿰뚫어 본 뒤에 교섭을 진행할 수 있었다. 데이터 뒤에 있는 인간을 관찰하면 그 데이터의 본질에 도달할 수 있는 건 틀림없다.

하지만 솔직히 말해서 그건 효율이 별로였다. 하나의 데이터를 확실하게 처리하는 데는 좋은 방식이라고 생각하지만, 이번처럼 대량의 데이터를 처리하는 데는 시간이 너무 오래 걸린다. 모든 데이터 뒤에 있는 인간을 관찰하려면 엄청난 시간이 걸릴 거다.

그러니 표면상의 데이터로도 본질을 꿰뚫어 볼 수 있어야 한다.

대량의 데이터를 처리하는 능력. 그것이 지금의 내게 필요하다.

학생회 부회장이 된다면 이런 일도 늘어날 거다……. 다행이다. 이 타이밍에 내게 무엇이 부족한지 알 수 있었다.

기쁘다…….

내게 성장할 가능성이 있다는 건 역시 기쁘다.

"고마워, 히나코……. 열심히 해볼게."

히나코와 밀착한 것도 잊고, 나는 내 할 일에 몰두했다.

교내에 퍼진 소문의 종류를 다시 한번 확인한다. 우직하게 하나씩 처리하는 것이 아니라, 우선은 전체를 훑어보는 정도의 감각으로. 다음으로 소문의 본질이 비슷한 것들을 그룹별로 나누고, 마지막에 각각의 해결책을 생각한다.

카겐 씨나 타쿠마 씨가 인정하는 대로 역시 히나코의 실무 능력은 천재적이라고 생각한다.

하지만 모든 것을 재능이라고 하는 애매모호한 것으로 처리하는 건 아니다.

확실한 논리가 있다. 충실히 따라야 할 틀을 숙지하고 있으며 시스템적으로 사고해 나간다. 기초를 중시한, 내실 있는 전략이다.

이건…… 나도 흉내 낼 수 있다.

한 시간 정도 작업하고 있자니 이 시스템적 사고방식에 조금씩 머리가 익숙해졌다. 어디서부터 손대야 할지 모를 만큼 수많은 소문이지만, 돌파구가 보인 덕분에 의욕도 넘쳐흐른다.

(이거라면…… 한 발짝 더 나아간 일도 할 수 있겠어.)

원래 하고 싶었던 정정 이상의 것을 할 수 있을 것 같다. 자연스럽게 얼굴이 펴진다.

어느 정도 일을 마무리한 뒤, 어느새 잠들어 버린 히나코를 방까지 옮긴 나는 책상 서랍에 몰래 감자칩을 넣어두고 방을 나섰다.

아사히 린타로는 집에 가도 어머니 말고는 말을 섞지 않는다.

맞이하는 사용인도 무시한 채, 린타로는 곧장 자기 방으로 갔다. 하교한 뒤 린타로가 방에서 나오는 건 저녁 식사 때와 목욕할 때뿐이다.

어머니가 업무로 출장 중인 지금, 가족과는 전혀 대화하지 않는다. 누나와는 최악의 관계고, 아버지는 일방적으로 거리를 두고 있었다.

경멸받아 마땅한 아버지는 생판 모르는 남보다도 성가시다. 눈과 귀에 들어오는 그 언동이 일일이 신경을 긁는다. 한때는 관록도 있었던 모양이지만, 사내에서 신뢰 관계를 제대로 구축하지 못한 탓인지 지금은 기를 못 펴고 있었다.

어릴 적, 린타로는 그런 아버지를 주저 없이 포기했다.

아버지를 공동의 적으로 간주함으로써 아버지를 제치고 사원들의 신뢰를 거머쥐었다. 현재 제스 홀딩스 안에는 린타로의 창업을 이제나저제나 기다리는 우수한 인재가 수없이 많다. 인재 영입 준비는 만반이었다.

아버지를 버린 판단에 후회는 없다.

하지만 그런 자신을 아버지가 일절 탓하지 않는 건 이해하기 어려웠다.

(아무래도 상관없어.)

편협한 가치관에서 안주하던, 오만한 아버지. 그 아버지와는 다른 길을 걷자고 약속했음에도 어느 날 갑자기 보신에 눈이 멀어 회사를 잇기로 한 배신자 누나.

린타로에게 이 집은 어리석은 자들의 소굴이었다.

여기가 아니다. 여기는 내가 있어야 할 장소가 아니다.

"앗."

방으로 돌아가는 도중, 누나인 카렌과 마주쳤다.

남매라 서로 옆방을 쓴다. 마음의 거리가 벌어진 뒤로도 방만큼은 줄곧 근처에 있다.

이럴 때 카렌은 언제나 미안해하는 표정을 짓는다.

하지만 오늘의 카렌은 평소처럼 그 표정에 죄책감을 내비친 뒤, 곧장 기운을 차리고 린타로와 눈을 맞췄다.

그런 평소와 다른 카렌의 모습에 린타로는 자신도 모르게 먼저 눈을 돌렸다.

빠른 걸음으로 자기 방에 들어간 린타로는 방금 있었던 일을 떠올리며 짜증을 냈다.

"칫……."

적반하장인가. 배신자 주제에.

아니다. 쓸데없는 생각은 그만두자. 린타로는 가방에서 오늘 아침 손에 넣은 선거 속보를 꺼내 각 진영의 지지율을 체크한다.

(지지율 추이는 아주 좋아. 네거티브 캠페인은 계속한다고 치고, 쇼토 선배에게는 슬슬 아르바이트에 대해서도 연설해 달라고 할까.)

토모나리 이츠키에게 얻은 조언을 활용할 때가 왔다. 처음에는 직장 체험 실시밖에 생각하지 않았지만, 다음 연설부터는 아르바이트 허가에 대해서도 검토한다는 취지를 발표한다.

(그나저나…… 토모나리 선배는 아르바이트를 너무 잘 알았죠.)

아르바이트라는 아이디어가 나오는 것만이라면 몰라도, 공사 현장이나 학원 강사, 호텔리어 같은 구체적인 예시까지 툭툭 튀어나온 것에 린타로는 놀라고 있었다.

토모나리 이츠키가 편입 전 어느 고등학교에 다녔는지는 모르지만, 키오우 학원에 입학할 정도의 집안이니 고품격 사립 고등학교에 다녔을 게 뻔한데…… 이제 와서 묘한 위화감이 든다.

린타로는 아버지의 잘못을 교훈 삼아 스스로 외부를 향해 안테나를 세운 결과, 키오우 학원 학생들의 가치관이 편향되어 있음을 깨달았다.

토모나리 이츠키도 비슷한 부류로 여겼는데…… 아닌 걸까.

키오우 학원의 학생답지 않은 능력은, 어쩌면――.

(설마…….)

한 가지 가능성에 도달한 린타로는 험악한 표정으로 스마트폰을 집어 들었다.

아사히 가문의 관계자나 인재 영입 후보인 엘리트 사원들…… 누나에게 배신당한 뒤로 독자적으로 구축한 인맥을 구사해, 린타로는 도달한 가능성에 대해 조사했다.

◆

선거기간 6일째.

평소보다 훨씬 일찍 등교한 나는 저택에서 작성한 서류 데이터를 교내 프린터로 전단지에 출력했다.

완성된 종이 뭉치를 안고 교정으로 나가자, 같은 반 친구인 한 소녀와 마주쳤다.

"어라, 아사히 양?"

"아…… 토모나리 군."

아사히 양이 조금 거북한 얼굴을 한다.

"토모나리 군, 선거기간에는 언제나 이렇게 일찍 왔어?"

"네. 아사히 양은 어째서……?"

"그게…… 토모나리 군에게 사과하고 싶어서."

꾹 입술을 다문 아사히 양은 미안한 듯 입을 열었다.

"어제는 울어버려서 미안해……. 나 때문에 잔뜩 폐를 끼쳐서 미안해."

아사히 양은 깊숙이 머리를 숙였다.

이대로 내가 입을 다물고 있으면 아사히 양은 거듭해서 사과할 것 같았다.

역시 아사히 양은 평소처럼 밝은 모습으로 돌아왔으면 좋겠다.

진심으로 그렇게 생각한 나는…… 어젯밤 필사적으로 만든 것을 아사히 양에게 보여주기로 했다.

"사실 오늘은 평소보다 훨씬 일찍 등교했어요."

어안이 벙벙해진 아사히 양에게, 나는 손에 들고 있던 종이 뭉치를 보여준다.

"이걸 조금이라도 빨리 학교 전체에 돌리고 싶었거든요."

평소 교정에서 돌리는 건 연설 장소 등을 알리는 전단지지만, 오늘 내가 돌리려는 전단지는 그런 것이 아니었다.

전단지 한 장을 아사히 양에게 건넨다.

그것을 받은 아사히 양은 전단지를 힐끗 보고는 곤혹스러운 표정을 지었다.

활자로 빽빽하게 채워진 듯한 전단지였다. 신문과 비슷한 크기라서 글자를 읽지 못할 정도는 아니겠지만, 이전 것과 비교하면 읽기 불편할 거다.

하지만 그 전단지에 한해서는 정보량이 중요하다.

"이건 설마……."

전단지의 내용을 짐작한 아사히 양에게, 나는 고개를 끄덕였다.

"지금 키오우 학원에 퍼지고 있는 우리에 대한 악평. 그 모든 답변 리스트——."

설명하면서 나는 전단지 뒷면을 아사히 양에게 보여준다.

"——및 향후 퍼질 법한 악평을 예측한 답변 리스트입니다."

히나코에게 요령을 배우기 전까지는 이미 퍼진 소문에 대한 답변밖에 준비하지 못한다고 생각했다. 하지만 히나코 덕분에 시간적으로 여유가 생긴 나는 처음에 만들고 싶었던 것도 준비할 수 있었다.

아사히 양이 더 이상 상처받지 않아도 되는 것을——.

"앞으로 유포될 법한 네거티브 캠페인을 모조리 예상해서 그 답변을 준비했습니다. 뒷면에도 빽빽하게 채워 넣었지만, 그래도 공간이 부족해서 나머지는 웹사이트에서 확인할 수 있게 했어요."

전단지 뒷면에 웹사이트 주소를 기재해 두었다.

린타로가 퍼뜨린 수많은 네거티브 캠페인은 한마디로 말해 억측이다. 텐노지 양이나 나리카의 연설에서 설명이 부족한 부분을 의도적으로 곡해해서 만든 것들뿐이다.

그 경우 우리가 처음부터 모든 것을 완벽하게 설명한다면 네거티브 캠페인이 파고들 틈은 없다.

다만 모든 설명을 연설로 끝내려면 방대한 시간이 소요되기에 비현실적이다. 그래서 나는 연설이 아니라 자료 형태로써 설명하기로 했다.

“정보량이 많아서 전부 훑어보는 사람은 별로 없을지도 모릅니다. 하지만 여기는 키오우 학원입니다. 고지식한 사람이 많은 이 학교라면 누군가는 반드시 전부 읽어 주겠죠. 그리고 그런 사람이 소문을 부정해 줄 겁니다.”

읽을 사람은 읽는다.

조사할 사람은 조사한다.

그리고 소문이 거짓임을 깨달은 사람은 자발적으로 그것을 부정하는 위치에 서 줄 거다.

나는 키오우 학원이 그런 희망이 있는 환경이라고 생각한다.

설령 타쿠마 씨가 말하는 것처럼 야심을 위해 수단과 방법을 가리지 않는 사람이 많다고 해도, 그들이 고지식하다는 사실은 변하지 않는다.

나는 이 학교에서 지내는 학생들의 진지한 인생관을 믿고 있다.

“네거티브 캠페인 대책은 이걸로 끝났다고 생각합니다.”

놀라워하는 아사히 양에게 말한다.

“아사히 양, 사과할 필요는 없어요. ——우리는 이 정도의 일로 지지 않아요.”

우리가 이긴다.

명확하게 그렇게 전하는 것이 아사히 양의 죄책감을 씻어낼 수 있는 가장 좋은 방법이라 생각했다.

아사히 양은 눈을 크게 뜨고 입술을 세게 깨물었다.

“전단지, 절반만 줘.”

아사히 양이 내게 손을 뻗었다.
“늦었지만, 나도 도울게……. 사실은 처음부터 돕고 싶었지만, 내가 관여하면 린타로가 무슨 짓을 할지도 모른다는 생각에 움직이지 못했어.”
그랬던 건가…….
린타로에게 미움받고 있다는 것을 아는 아사히 양이라면 당연한 생각일지도 모른다.
하지만 아사히 양은 우리의 승리를 믿어 준 모양이다. 그래서 아무런 근심 없이 돕기로 결심한 것이리라.
“안녕하세요!”
전단지를 받은 아사히 양은 등교하는 학생들에게 직접 다가가 전단지를 건넸다.
“지금 교내에서 돌고 있는 소문은 엉터리뿐이에요! 이걸 읽어 보면 알 수 있습니다! 꼭 받아 주세요!”
마치 지금까지 돕지 못한 만큼 만회하려는 것처럼, 아사히 양은 분주히 움직였다.
뒤처질 수는 없다.
나도 마음을 다잡고 전단지를 돌린다.
“다들 안녕.”
전단지를 50장쯤 돌렸을 무렵, 타이쇼가 우리에게 말을 걸었다.
“오늘은 아사히도 돕는 거야?”
“응! 마지막 날까지 도울 생각이야!”
아사히 양은 태양처럼 환하게 웃고 말했다.

선거가 시작되기 전, 평소처럼 활기찬 아사히 양의 모습을 보고 타이쇼는 기쁜 듯이 웃는다.

"그렇다면 나도 도울게."

그렇게 말하며 타이쇼는 전단지를 받으려고 내게 다가왔다.

고맙다고 감사를 표하며 전단지를 건네려 했을 때…… 내게 귓속말한다.

"미안해, 토모나리. 아사히가 돕지 않으니까 나도 지금까지 돕지 않았던 거야."

"별로 상관없긴 한데, 타이쇼 군만 도와줘도 됐잖아요?"

"이 바보야. 그 아사히가 너희를 돕지 않다니, 평소라면 있을 수 없는 일이잖아? 뭔가 사정이 있을 거라고 생각했다고……. 내가 도와버리면 아사히가 혼자 남게 되잖아."

타이쇼가 즐겁게 전단지를 돌리고 있는 아사히 양을 슬쩍 쳐다보았다.

타이쇼는 아사히 양을 고독하게 만들고 싶지 않아서 지금까지 일부러 우리의 선거 활동에서 한 발짝 거리를 둔 모양이다.

"타이쇼 군은 깜짝 놀랄 정도로 다정하네요."

"그래?"

타이쇼는 의아한 표정을 지었다.

타이쇼도 아사히 양도 정말로 주변을 잘 살피고 있다—— 그렇기에 내가 이 학교에서 처음으로 사귄 친구가 두 사람이었던 거겠지.

두 사람이 없었더라면 나는 지금쯤 어떻게 되었을지 모른다.

생각해 보면 내가 키오우 학원에 적응할 수 있었던 건 두 사람 덕분이었고…… 그런 두 사람과 만난 건 필연이었다고 이제 와서 확신했다.

내가 두 사람을 찾아낸 것이 아니다.

타이쇼와 아사히 양이 나를 찾아내 준 거다.

——부회장이 되고 싶다.

다시 한번 강하게 생각했다.

그날 두 사람이 내게 말을 건 것을 정답으로 만들고 싶다.

나와 친해진 것을 두 사람의 자랑거리로 만들어 주고 싶다.

그것이 두 사람에 대한 최대의 예의가 되리라 생각했다.

친구가 되어 줘서 고마워—— 같은 말은 쑥스러워서 할 수 없으니까.

가슴속에 있는 이 고마움은 결과로 증명하겠다.

"안녕하세요—!"

"괜찮으시다면 받아 주세요—!"

타이쇼와 아사히 양의 목소리가 교정에 울려 퍼진다.

많은 학생이 두 사람의 목소리를 듣고 전단지를 받아 주었다. 지인이 많은 두 사람의 영향력을 새삼스럽게 실감한다.

(이걸로…… 드디어 앞으로 나아갈 수 있어.)

린타로의 모략도 이제 끝이겠지. 이번에 돌린 전단지가 효과를 발휘하면 더 이상 텐노지 양과 나리카의 공약에 파고들 틈이 생기지 않는다.

이제부터는 모든 것이 잘 풀릴 것으로 생각했지만——.

◆

점심시간. 히나코와 점심을 먹고 텐노지 양과 나리카의 연설을 지켜본 나는 슬슬 수업이 시작될 때라 교실로 돌아왔다.

하지만 교실에 들어간 직후, 키타가 이쪽을 발견하고 다가왔다.

"토모나리 군. 한 가지, 이상한 소문이 돌고 있어서……."

키타가 곤혹스러운 표정으로 말했다.

소문……. 점심시간에 넌지시 주변 대화에 귀를 기울여 보았지만, 작전대로 린타로가 퍼뜨린 소문은 자료를 읽은 학생들이 알아서 부정해 주게 되었다.

그러니 이제는 이전처럼 민감하게 생각할 필요는 없다고 생각했는데…….

"이상한 소문이요?"

"응. 지금까지와는 좀 다르다고 해야 할까……."

지금까지의 소문들도 대개 이상했다는 생각은 들지만…….

키타도 어디까지 심각하게 받아들여야 할지 모르겠다는 듯, 소문의 내용을 설명했다.

"토모나리 군이 출신을 속이고 있다는 소문이 돌고 있어."

머릿속이 새하얘졌다.

그거……,

그것만은…….

절대로 퍼져서는 안 될 소문이었다.

4장 개운하게 싸우고 싶으니까

방과 후. 겨울이 다가오며 해가 짧아진 탓에 하늘은 연한 오렌지색으로 물들어 있었다.

린타로가 퍼뜨린 악평은 확실히 수습되고 있었다. 텐노지 양과 나리카도 점심시간 연설 중에 청중들의 분위기에서 그것을 짐작하고 안심하고 있다.

기대했던 대로 역시 키오우 학원의 자정 작용은 강했다. 성실한 사람이 많이 재적한 이 학교에는 틀린 건 틀렸다고 지적하는 사람이 많다. 슬쩍 들은 정도의 소문을 무조건 믿지 않고 자신의 눈으로 진위를 확인하려는 자가 많다.

나는 네거티브 캠페인을 인간의 얄팍한 심리를 이용하는 작전이라고 생각한다. 하지만 그건 대다수가 깊이 생각하는 키오우 학원이라는 환경에서는 통하지 않는 것이었다.

승리에 도취하고 싶은 건 아니지만, 나는 다음에 린타로와 마주했을 때 하고 싶은 말이 있었다. 어딘가 이 학교에 실망하고 있는 린타로에게 '어때? 이 학교도 꽤 괜찮지 않아?' 라고 가슴을 펴고 전하고 싶었다.

내심 린타로가 조금은 이 학교를 좋아하게 되길 바랐지만――.

——상황이 바뀌었다.

학생들이 드문드문해진 교실 안에서 타이쇼가 내 자리로 찾아온다.

“토모나리, 왠지 오후 수업부터 집중하지 못하는 것 같던데, 괜찮아?”

“괜찮아요…….”

허세를 부릴 수밖에 없어서, 나는 쓴웃음을 지었다.

타이쇼는 “그래?” 라고 짧게 납득해 주지만, 꼬치꼬치 캐묻지 않는 것이 좋을 듯한 분위기를 살피고 입을 다물어 준 기분이 든다.

“그나저나 이상한 소문이 다 도는걸. 토모나리의 출신이 가짜니 뭐니 하는.”

“그러게요…….”

“설마 이런 소문을 믿는 녀석은 없겠지.”

내 결백을 완전히 믿고 있는 타이쇼에게 있어, 내가 이 소문으로 고민하고 있다는 발상은 티끌만큼도 없는 듯했다.

같은 반 학생들의 태도도 마찬가지다. 아무도 나를 의심하고 있지 않다.

그렇기에…… 가슴이 아프다.

죄책감이라는 이름의 바늘이 마음속을 조용히 찌르고 있었다.

언젠가 진짜 신분으로 보누의 곁에 서고 싶다…… 하지만 지금은 아직 신분을 밝힐 수 없다.

“토모나리 군…….”

아사히 양이 미안하다는 듯한 얼굴로 찾아온다.

"미안해. 어쩌면 내가 토모나리 군 일행을 돕는 바람에 린타로가 화가 나서……."

"딱히 아사히 탓은 아니잖아."

타이쇼의 말에 나도 고개를 끄덕인다.

"타이쇼 군 말이 맞아요. 아사히 양이 책임을 느낄 필요는 없어요. 앞으로도 도와주신다면 기쁠 거예요."

"…………응."

아사히 양은 작게 고개를 끄덕였다.

"린타로 그 자식, 네거티브 캠페인이 안 통하게 됐다고 해서 다른 사람의 출신을 의심하는 소문까지 퍼뜨리다니. 그만큼 막다른 길에 몰렸다는 거 아니겠어?"

"그럴지도 모르겠네요……."

현재로서 이 소문의 근거가 될 만한 이야기는 듣지 못했다. 타이쇼의 말대로 초조해진 린타로가 적당히 퍼뜨린 소문이라는 설이 농후했다.

하지만── 내 상황은 방심을 허락하지 않는다.

(만약 소문의 근거가 될 것을 린타로가 쥐고 있다면…….)

그 리스크가 존재하는 시점에서 나는 린타로에게 심장을 붙들린 듯한 기분이었다.

이 소문은 진실이다. 나는 출신을 속이고 키오우 학원에 편입했다. 그런 내게 출신을 의심받는 지금 상황은 최악이다.

설령 근거가 없고 학생들이 아무도 믿지 않는 소문이라 해도, 이

상황을 카겐 씨가 본다면 어떻게 생각할까.

내 정체가 밝혀지면 시중 담당이라는 역할도 노출될지 모른다.

지금의 나는 히나코의 완벽한 숙녀라는 가면을 파괴할 수도 있는 폭탄이다——.

"토모나리 씨."

"이츠키."

교실 밖에서 목소리가 들려온다.

텐노지 양과 나리카가 내 눈치를 살피고 있었다. 나는 자리에서 일어나 두 사람에게 향한다.

"죄송합니다. 슬슬 연설 시간이죠?"

"지금은 그런 말을 하고 있을 때가 아니에요."

신중하게 말하는 텐노지 양 옆에서 나리카도 불안한 얼굴로 나를 보았다.

"이츠키…… 괜찮아?"

"모르겠어……."

두 사람은 내 진짜 출신을 아니까 이 소문을 간과할 수 없다는 사실을 이해하고 있다. 내 가슴속에서 소용돌이치는 절망적인 불안을 훤히 꿰뚫어 보고 있겠지.

(히나코…….)

교실 쪽을 돌아보자 히나코와 눈이 마주쳤다.

우수에 잠긴 그 눈동자를 보고, 나는 마음을 굳힌다.

"린타로와 이야기해 볼게요."

나는 텐노지 양과 나리카에게 말했다.

"두 사람은 연설에 집중해 주세요. 죠토 군의 지지율도 오르고 있으니, 더 이상 뒤처질 수는 없어요……. 소문은 제 힘으로 해결해 볼게요."

예정대로 오늘은 히나코 지지자들의 요구를 몇 가지 반영한 연설을 한다.

내 뜻이 전해졌는지, 두 사람은 고개를 크게 끄덕였다.

연설을 위해 이동하는 두 사람을 뒤에서 배웅한 뒤, 나는 1학년 교사로 걸어가며 스마트폰을 손에 든다.

전화를 걸자, 곧바로 연결되었다.

"시즈네 씨, 죄송합니다. 긴급하게 상담하고 싶은 일이 있는데요――."

키오우 학원에서 도는 내 소문에 대해 시즈네 씨에게 전했다.

처음부터 우리가 네거티브 캠페인을 당하고 있다는 사실은 공유하고 있었기에, 이번 소문이 그 일환일 가능성도 시즈네 씨는 바로 이해해 주었다.

『이츠키 씨의 정체가 외부로 유출될 일은 없다고 판단하고 있습니다.』

시즈네 씨는 곧장 견해를 밝혔다.

『텐노지 님께 들킨 이후, 우리도 연구를 거듭해 두 번 다시 그런 추태를 보이지 않게끔 철저히 대책을 세우고 있습니다. 이츠키 씨의 몸짓이나 언동으로 눈치챌 수는 있어도, 결정적인 증거가 유출될 일은 없을 겁니다.』

"알겠습니다. 일단 저도 확인해 볼게요."

『네. 조심하세요.』

외부로 유출될 일은 없다고 단정하면서도, 시즈네 씨의 목소리는 평소보다 긴박감을 띠고 있었다. 이 상황이 좋지 않다는 것을 시즈네 씨도 짐작하고 있다.

스마트폰을 주머니에 넣고, 1학년 교사로 이어지는 계단을 오르려 했다.

눈앞에, 린타로가 서 있었다.

"기다리고 있었습니다. 저와 이야기하고 싶으신 거죠?"

"그래……."

대담한 미소를 짓는 린타로를, 나는 똑바로 노려보았다.

◆

"한 방 먹었습니다."

학원 내 카페에 들어가 맞은편 자리에 앉은 린타로는 자리에 앉자마자 그렇게 말했다.

린타로는 전단지 한 장을 꺼내 내게 보여주었다. 내가 어젯밤에 작성해 오늘 아침 인쇄한, 소문을 부정하는 전단지였다.

"대단하네요, 이 전단지. 웹사이트 쪽도 봤는데, 엄청난 정보량입니다. 설마 이런 식으로 빌어붙어서 네거티브 캠페인에 대처할 줄은 몰랐습니다……. 계략에 의존했던 저로서는 분할 따름이네요. 이 국면에서 정공법을 관철할 배짱이 있었군요."

"반대로 나는, 계략을 쓰는 게 서투르니까."

"그게 더 좋습니다. 정정당당하게 움직이는 것보다 나은 건 없으니까요."

누구 입에서 나오는 소린지.

치밀어 오르는 짜증을 한숨에 섞어 내뱉었다.

"지금 이야기하고 싶은 건, 린타로가 새로 퍼뜨린 내 출신에 관한 소문이야."

서로 테이블 위에 놓인 컵에는 일절 손을 대지 않았다.

감도는 긴장감을 자각하며 나는 질문을 던졌다.

"무엇을 근거로 그런 소문을 퍼뜨리는 거지?"

"근거 같은 건 없어요."

린타로는 미안한 기색도 없이 말했다.

"네거티브 캠페인이란 원래 그런 겁니다. 먼저 말하는 사람이 임자죠."

린타로가 컵을 기울여 커피를 한 모금 마셨다.

"물론 근거를 찾는 것이 효과적이니 조사해 보려곤 했죠. 하지만 만약 토모나리 선배가 출신을 속이고 있다면…… 최소한 코노하나 그룹이 뒤를 봐주고 있다는 소리잖아요?"

나의 대외적인 출신 성분은 코노하나 그룹 내에 있는 중견 IT 기업의 후계자.

그런 나의 출신 성분이 가짜라면 코노하나 그룹이 협력하고 있는 것이 틀림없다.

"코노하나 그룹에 맞설 수 있는 조사 기관은 어디에도 없어요. 어느 정도는 개인적인 인맥을 동원해 조사해 봤지만…… 뭐, 의미는 없더군요. 결정적인 증거를 잡는 건 금방 포기했습니다."

린타로에게 이 화제는 긴장할 가치조차 없는 모양이다. 컵을 내려놓은 린타로는 받침을 잠시 응시했다. 다기의 가격을 생각하고 있는지도 모른다.

조용히 숨을 내뱉었다.

소문의 근거는 없다. 즉 린타로가 퍼뜨린 소문은── 완전한 페이크 뉴스였다.

내 정체가 린타로에게 들통이 난 건 아니었다.

(다행이다………… 하지만 겉으로 드러내지는 않겠어.)

여기서 내가 노골적으로 안도한다면 린타로는 다시 내 출신을 의심할 거다.

그래서 나는 태연한 척했다. 의심해도 의미 없다는 듯이.

"하지만 저는 가능성이 제로라고 생각하지는 않아요."

손 근처에서 내게로 시선을 옮기며 린타로가 말한다.

"토모나리 선배의 정체가 키오우 학원에 들어올 수 없는 서민이라고 한다면…… 키오우 학원의 학생답지 않은 선배의 모든 행동이 납득이 갑니다."

린타로의 시점에서 보면 확실히 그렇게 느껴질 거다.

"조금만 제게 기회를 주시죠."

"기회?"

"그래요. 지금부터 선배의 정체가 서민이라는 가능성을 믿고, 제 마음을 전하겠습니다."

무슨 뜻인지 몰라서 갸웃거리는 내 앞에서 린타로가 일어섰다.

만약 여기서 내 정체가 서민이라고 밝혀졌다면—— 린타로는 크게 입을 연다.

"——어째서 정체를 숨기는 겁니까?!"

린타로의 호통이 내 귀를 찔렀다.

"선배의 처지는 훌륭하지 않습니까!! 서민 출신인데도 지금 이 학교에서는 주목의 대상이라고요?! 서민도 다듬으면 여기까지 변할 수 있다는 걸 선배가 증명하고 있지 않습니까!!"

린타로는 속마음을 외친다.

"토모나리 선배는 우리에게 있어 최고의 기수가 될 겁니다! 선배가 이쪽으로 와 준다면 틀림없이 승리할 수 있어! 선배가 있어야 할 세계는 이쪽일 겁니다!"

그 목소리는 어딘가 필사적이었다.

린타로의 뺨에서 땀이 한 줄기 흘러내린다. 지금까지의 냉정함을 희생해가며 린타로는 가슴속에 쌓아두었던 뜨거운 마음을 토해내고 있었다.

린타로는 내가 정말로 서민이라고 가정하고 방금 그 말을 던진 모양이다.

하지만 내 대답은 정해져 있었다.

"…………미안하지만, 오해야."

내 대답을 듣고 의기양양하게 말하던 린타로의 표정에서 핏기가 가신다.

"그렇습니까…………. 하하, 현실은 그렇군요. 어차피 선배의 정체가 서민이라고 해도, 지금 이 말이 닿지 않는다면 의미는 없습니다."

허탈하게 웃은 린타로는 의자에 털썩 주저앉았다.

정말로, 기대했던 것이리라.

내 정체가 평범한 서민이고, 죠토 진영의 기수가 되는 것을……. 죠토의 공약을 생각하면 확실히 나라는 존재는 퍼즐의 마지막 조각처럼 딱 들어맞는다.

고개를 떨군 린타로를 보았다. 움츠러든 어깨에서는 분통함이 배어 나오고 있다.

선택한 수단이야 어찌 됐든, 린타로는 처음부터 줄곧 진지했다.

린타로는 이미 내게 남이 아니다. 아사히 양이라는 친구의 동생이며, 이번 선거기간에 나름대로 긴밀하게 대화한 사이다.

그러니 한마디 하겠다.

지금의 내게는 말할 권리가 있을 터다.

"린타로. 이제 감정적으로 구는 건 그만두지 않겠어?"

린타로는 고개를 들었다.

이전에 린타로에게도 말했듯이, 나는 이 학교에서 살아남으려고 최대한 이성적으로 행동하려 애쓰고 있다. 그래도 가끔 한계가 와서 감정을 드러내고 마는 경우가 있다.

하지만 그건 린타로도 마찬가지인 모양이었다.

"너는 그저, 아사히 양에게 앙갚음을 하고 싶을 뿐이야. 오직 그것만을 위해, 네거티브 캠페인 따위를 계속하고 있는 거지."

타쿠미 씨에게 키오우 하원의 정치가 타입에 대해 설명을 들었을 때부터 위화감이 들었다……. 린타로는 다르지 않을까 하고.

린타로는 딱히 수단과 방법을 가리지 않는 게 아니다.

린타로는 정치가 타입이 아니라…… 그저 감정적으로 격해진 어린아이일 뿐이다.

"앙갚음하고 싶을 뿐이라니, 아무리 그래도 그렇게 유치한 인간은 아닙니다."

린타로는 당혹스러워하며 말했다.

어째서 내가 그런 말을 하는지 이해하지 못하는 기색이다.

"저는 죠토 선배를 회장으로 만들기 위해, 이성적인 책략을 사용해서——."

"성적은 입학 초기부터 줄곧 학년 1등을 유지."

린타로의 변명을 나는 가로막았다.

"입시도 수석이었던 모양이군. 수업 태도도 독보적으로 우수하고…… 적극적으로 발언하면서 교사들 사이에서도 평판이 아주 좋아."

아무리 그래도 린타로에 대해서는 조사해 두었다. 처음에는 텐노지 양과 나리카 중 누구를 보좌할지 고민하느라 시간이 부족했지만, 지금은 다르다. 틈만 나면 린타로에 대해 조사했다.

조사하고…… 경탄했다.

부회장을 목표로 하는 내게, 린타로는 틀림없는 강적이었다.

"소문을 이 정도로 퍼뜨릴 수 있는 이상, 인망이 두터운 것도 분명해……. 그렇게 실체와 동떨어진 소문을 퍼뜨릴 수 있다니. 동급생들이 굳게 신뢰하는 거겠지."

아무리 1학년이라고는 해도 텐노지 양이나 나리카에 대해 알고 있는 사람도 많을 거다. 그런데도 린타로의 소문을 믿은 사람이 많다. 그만큼 린타로의 발언을 신용하고 있다.

그런 린타로와 내가 이렇게 경합을 벌이는 것 자체가 이상한 이야기 아닐까.

린타로가 이성이 아니라 개인적인 욕심에 휘둘려 상태가 나빠지기라도 하지 않은 한——.

"코노하나 양까지는 아니더라도, 린타로는 1학년들 사이에서 한없이 코노하나 양에 가까운 위치에 있을 거야. 집안이 더 좋은 학생도 있는데 그 격차를 뒤집고 너는 1학년의 정점에 있어……. 그런 녀석이 네거티브 캠페인밖에 못 할 리가 없잖아."

"그건…… 그저 억측입니다."

"그렇다면 왜 그렇게 괴로운 표정을 짓는 거야?"

린타로가 입을 다물었다.

"100퍼센트 앙갚음 때문이라고는 생각하지 않아. 첫날 지지율은 텐노지 양과 나리카가 투톱이었지. 계략을 쓰지 않으면 맞설 수 없다고 린타로 네가 생각한 것도 사실일 거야……. 그래도 너라면 다른 수단을 찾을 수 있었을 텐데."

테이블 위에 놓인 린타로의 양손이 주먹을 꽉 쥐었다.

"상상해 봐. 만약 아사히 양과의 다툼이 없었다면…… 너는 정말로 이런 방식으로 쇼도 군을 이기게 하려 했을까?"

"…………윽."

"창업을 목표로 하고 있잖아? 그 기술도 이미 연마하고 있겠지? 그 정도로 목표 의식이 높으면서 어째서 이렇게 하찮은 방식을 고수하는 거야?"

험악한 표정의 린타로에게 나는 고했다.

"나는 린타로를 얕보지 않아."

시선이 이리저리 움직이는 린타로에게 말한다.

"너는 원래라면 다른 수단도 쓸 수 있었을 텐데, 속으로는 아사히 양을 향한 복수도 겸하고 싶다는 생각에 다른 사람에게 상처를 주는 방식을 선택한 거야."

단순한 히스테리. 화풀이.

린타로의 네거티브 캠페인은 자기 말을 들어주지 않는다고 주변 사람을 상처 입히는 유치한 방식에 불과하다.

나는 줄곧 잘못 생각하고 있었던 거다.

이건 비즈니스도 정치도 아니다. 지략을 구사한 밀당 같은 것도 아니다.

린타로가 끌어안고 있는 건 누구나 있는 감정의 문제였던 거다.

아마도…… 처음부터 계속 그것을 눈치채고 있었던 건 아사히 양뿐일 거다.

"린타로……. 자신이 상처받았다고 해서 남을 상처 입혀도 되는 이유는 되지 않아."

마지막으로 그렇게 말한 나는 린타로의 반응을 기다렸다.

린타로는 입술을 깨물며 미세하게 온몸을 떨고 있었다. 고개는 계속 숙인 채로, 마치 부모에게 꾸중을 듣는 아이 같았다.

(자각이 없었던 건가.)

어렴풋이 예상은 하고 있었다.

쇼토를 학생회장 자리에 올리기 위한 노력과 아사히 양에 대한 증오가 어느샌가 뒤섞여 버린 것이리라. 하지만 지금 내 말을 듣고 드디어 자각한 거다. 자신이 그저 앙갚음을 하고 싶었을 뿐이라는 사실을…….

"설령……."

가냘픈 목소리로 린타로가 말했다.

"설령 앙갚음하고 싶을 뿐이었다고 치더라도…… 그래서 뭘 어쩌라는 겁니까?"

린타로가 택한 선택은—— 적반하장이었다.

"제 대답은 변하지 않습니다……. 그만두길 원한다면 이쪽으로 오십시오."

그것만은 여전히 이해할 수 없었다.

린타로는 나를 자꾸 스카우트 하려고 한다. 내 정체가 평범한 서민일지도 모른다고 의심하기 전부터 그 자세만은 줄곧 관철하고 있다.

그 이유는 모르겠지만…… 무슨 일이 있어도 린타로의 요구에는 응할 수 없다. 내가 지지하고 싶은 사람은 따로 있으니까.

"린타로를 멈추는 방법은 딱 하나 알고 있어."

아마 이것이 가장 간단한 방법일 거다.

"네서리브 캠페인…… 쇼토 군의 허락은 받지 않았지?"

"윽."

린타로는 눈을 크게 떴다. 그 반응이 정곡을 찔렀음을 나타내고 있다.

"죠토 군과 이야기해 봐서 알아. 이런 짓을 용인할 사람이 아니잖아? 추측이지만 나를 스카우트 하려는 것도 네 독단이지?"

히나코와 함께 죠토와 이야기했을 때 생각했다.

나를 스카우트 한 사람치고는 묘하게 서먹서먹하다고.

내 착각일지도 모른다고 생각해 히나코에게도 반응이 어땠는지 물어봤지만, 히나코도 위화감이 있다고 했었다.

스카우트도, 네거티브 캠페인도, 죠토는 일절 관여하지 않았다.

"죠토 선배에게, 제 행위를 고발할 생각입니까."

"그건 네가 어떻게 할지에 달렸어."

린타로가 이해할 수 없다는 표정을 지었다. 알고 있었다면 어째서 처음부터 고발하지 않았느냐고 말하고 싶은 기색이다.

고발하기 전에, 큰 의문이 생겼기 때문이다.

어째서―― 린타로는 모든 것을 독단으로 처리해야 했을까?

어째서―― 부회장 후보인 린타로가 그렇게까지 해야 했을까?

네거티브 캠페인은 아사히 양을 향한 앙갚음이 대부분을 차지한다고 생각한다. 하지만 그렇다면 나에 대한 스카우트는?

어째서 죠토가 아니라 린타로가 해야 했지?

"죠토 군의 집안은 전통을 중시하는 모양이더군."

"거기까지 조사한 겁니까……."

텐노지 양에게 들은 이야기다.

어느 분야에서든 개혁은 고통을 수반하기 마련이다. 그 고통은 죠토의 가족이 살아가는 정계에서 찔리고 싶지 않은 약점이 될 수 있는 것이리라.

죠토의 부모는 정계에서 살아남기 위해 아들이 풍파를 일으키지 않기를 바라고 있다. 정치가는 언제나 엄격한 시선을 받으며, 아들의 실책으로 파멸하는 일이 있기 때문이다.

그런 환경 속에서 죠토는 진심으로 이 학교의 개혁을 추진할 생각인 걸까?

내게는…… 그렇게 보이지 않았다.

"린타로. 역시 죠토 군은 애초에 당선될 생각이——."

"——상관없습니다."

린타로는 들이닥친 현실로부터 눈을 돌리려는 듯 반발했다.

"죠토 선배의 이념은 진짜입니다. 이 학교의 정점에는 그분이 서야만 합니다."

린타로는 일어서서 카페를 떠났다.

나는 입도 안 댔던 컵을 집어 단숨에 커피를 들이켰다.

식어버린 쓴맛이 머릿속을 전환하는 데 도움을 주었다.

"…………좋아."

결정했다.

나는 이 남매 싸움에 참견하겠다.

◆

연결 통로를 걷고 있자니 넨노시 양의 연설이 들려왔다. 이날 넨노지 양의 연설 장소는 체육관 앞이었고, 다가가자 청중들이 모여 인산인해를 이루고 있었다.

나는 그 인파를 조금 떨어진 곳에서 바라보고 있는 소녀에게 다가갔다.

"토모나리 군?"

"아사히 양. 린타로에 관해 이야기하고 싶은 게 있습니다."

내 표정에서 진지한 이야기임을 눈치챈 건지 아사히 양은 작게 고개를 끄덕인 뒤 나와 함께 체육관 앞을 벗어났다.

이동하는 도중 뒤를 보자 연설 중인 텐노지 양과 눈이 마주쳤다. 나와 아사히 양의 조합을 보고 아마 린타로와 관련된 문제라는 것을 깨달았으리라. 텐노지 양은 한순간 미소를 지어 보이고는, 마치 이곳은 맡겨 달라고 말하려는 것처럼 목청을 높여 연설을 재개했다.

텐노지 양의 든든함에 감사하며, 아사히 양을 데리고 체육관 뒤편으로 향했다.

주변에 인기척이 없는 것을 확인한 나는 린타로와 나눈 대화 내용을 아사히 양과 공유했다.

"그렇구나. 전부 린타로의 독단이었고 죠토 군은 아무것도 몰랐던 거네."

이야기를 들은 아사히 양은 머리를 감싸 쥐었다.

"어떡하지……. 나, 오늘 점심시간에 죠토 군을 조금 째려봐 버렸어……."

"어쩔 수 없죠. 저도 주모자가 린타로라는 사실은 파악하고 있었지만, 설마 죠토 군에게 비밀로 했을 줄은 몰랐으니까요."

그나저나 그렇게 순순히 인정할 줄은 미처 몰랐다.

린타로가 유독 나에게만 입이 가벼운 이유는 지금도 잘 모르겠다. 네거티브 캠페인의 주모자라는 사실도 나에게는 원래 전할 생각이었다고 말했었고…….

"그렇다면 쵸토 군에게 린타로를 멈춰 달라고 하면 전부 해결되는 거네."

그 말대로다. 그 말대로지만…… 나는 고개를 가로저었다.

"아니요, 그건 그만두죠."

"에, 어째서……?"

"그 방식으로는 린타로가 끌어안은 문제가 그대로 남아요."

쵸토에게 일러바지면 일시적으로 린타로는 얌전해지겠지. 하지만 선거가 끝나고 쵸토의 목줄에서 해방된 뒤에는 분명 다시 어딘가에서 똑같은 일을 반복할 거다.

예를 들어, 아사히 양의 집이라든가…….

"하지만 그건…… 우리 남매의 사정이고 토모나리 군이 그렇게까지 생각할 필요는……."

"아뇨. 저도 생각하게 해주세요."

미안한 눈치로 말하는 아사히 양에게, 나는 남매 싸움에 깊이 관여하겠다는 결의를 보였다.

깊이 관여하는 가장 큰 이유는 역시 상처받은 아사히 양을 내버려둘 수 없기 때문이지만, 이걸 아사히 양에게 말했다간 더욱더 책임을 느껴서 의기소침해지고 말 거다.

그래서 나는 개인적인 욕심을 설명했다.

내게도 두 사람의 남매 싸움을 끝내고 싶은 이유가 있었다.

"매니지먼트 게임은 제게 있어 힘들었지만 즐거운 이벤트였습니다. 누군가와 진지하게 경쟁하는 것의 소중함을 몸소 배울 수 있었죠……. 저는 그것을 이번 선거전에서도 기대하고 있습니다."

이건 명백한 이기심이자 본심이었다.

나는 이번 선거전에서도 귀중한 경험을 하면 좋겠다고 생각했다.

매니지먼트 게임에서 배웠지만, 참가자 모두가 유의미한 시간을 보낼 수 있다면 설령 한때는 적대하거나 어색한 사이였더라도 일이 마무리되면 나름대로 친밀한 이웃이 될 수 있는 법이다.

내게는 이쿠노와 스미노에 양이 좋은 예다. 매니지먼트 게임에서 알게 된 두 사람은 지금도 평범하게 대화할 수 있는 관계다.

나는 이 결말에 만족하고 있다.

그래서 이번에도 바라고 있다.

"독선적이라서 죄송합니다. 저는 이 선거전을 개운하게 만들고 싶어요. 이기든 지든 마지막에는 다 같이 웃고 싶습니다. 이 선거가 끝나면 ……린타로와도 사이좋게 지내고 싶고요."

린타로와도 사이좋게 지내고 싶다.

그렇게 말했을 때 아사히 양은 눈을 크게 떴다.

린타로가 어디까지나 이성적으로 우리를 함정에 빠뜨리려 하는 것이라면 나는 이런 제안을 안 했을 거다. 아사히 양에게는 미안하지만, 쵸토에게 일러바쳐서 멈추게 했을 거다.

하지만 린타로는 아사히 양과의 남매 싸움이 없었다면 애초에 이런 수단을 쓰지 않았을 거다.

그렇다면 문제의 근본은 린타로에게 있는 것이 아니다.

이 남매 싸움만 중재할 수 있다면…… 모든 것이 원만하게 해결된다.

"그러니 제가 아사히 양의 남매 싸움을 중재하게 해주세요. 저도, 아사히 양도, 린타로도, 모두가 개운하게 싸울 수 있도록 하고 싶습니다."

린타로는 선거전에 남매 싸움을 끌어들이고 있다.

아마도…… 이 남매 싸움을 무시할 수도 있을 거다.

하지만 그걸로 만약 내가 부회장이 된다 하더라도―― 분명 잃는 것이 있을 터다.

상처 입은 아사히 양과 고통스러워하는 린타로를 밟고 올리기 부회장 자리를 손에 넣어도, 나는 가슴을 펴고 그 직무를 다할 수 없다.

"…………고마워."

아사히 양은 작은 목소리로 감사 인사를 했다.

"내 일을…… 아니, 우리 일을, 진지하게 생각해 줘서."

아사히 양의 눈은 젖어 있었다.

어디까지나 나 자신을 위해서라는 부분을 강조해서 전할 생각이었는데, 아사히 양에게는 불필요한 배려였을지도 모른다.

아사히 양도 줄곧 이 남매 싸움을 끝내고 싶었으리라.

눈가의 눈물을 손가락으로 훔친 아사히 양이 이쪽을 보았다.

"토모나리 군…… 의지해도, 될까?"

앞으로 나아가고 싶다는 아사히 양의 의지를 느끼고, 나는 망설임 없이 고개를 끄덕였다.

"네. 언제나 아사히 양에게 도움을 받고 있으니, 이 정도 보답은 하게 해주세요."

"아하하…… 토모나리 군, 진짜 듬직해졌어."

처음 만났을 때의 일이라도 떠올린 것일까?

지난 반년 동안 나름대로 열심히 살았다고 자부한다. 하루하루 쌓인 것이 나를 든든한 인간으로 바꾸어 놓은 것이라면, 역시 나는 이번에도 아사히 양을 도와야 할 거다.

지금까지의 행보가 정답이었다면, 지금까지와 마찬가지로 나는 누군가에게 힘이 되어 주고 싶다.

"아~아, 이래서 다들 좋아하는 거구나~."

아사히 양은 웃으며 말했다.

"그 정도인가요?"

"응. 여러 가지 의미로."

여러 가지 의미로?

덧붙여진 말의 의미에 고개를 갸웃거린다. 아사히 양은 그런 나를 보고 미소만 지었다.

"그럼 두 사람을 화해시키기 위한 구체적인 방법을 정하고 싶은데요…… 그 전에 한 가지만 아사히 양에게 묻고 싶은 게 있습니다."

마음을 가다듬고 진지한 표정을 짓는 아사히 양에게 물었다.

"애초에…… 아사히 양은 왜 린타로를 배신했나요?"

아사히 양의 얼굴이 딱딱해졌다.

"창업을 그만두고 가업을 잇기로 한 모양인데…… 장래의 안정

같은 이유만은 아니죠? 다른 사람이라면 몰라도, 저는 아사히 양이 그렇게 단순한 이유로 린타로를 배신했다고는 생각할 수 없거든요."

장래의 안정을 위해 가업을 잇는다는 결단은 오히려 일반적인 감성이라고 생각한다. 그래서 나는 지금까지 그 점에 의문을 품지 않았지만, 아사히 양이 요즘 들어 죄책감에 시달리는 모습을 보고 있자니 사실은 무언가 더 특별한 이유가 있었던 게 아닌가 하는 생각이 들었다.

애초에 아사히 양은 보신만을 위해 남을 배신할 성격이 아니다.

동생과의 사이가 이토록 틀어진 아사히 양에게도 무언가 사정이 있는 게 아닐까.

"내가 린타로를 배신한 이유는…… 확실히 있어."

아사히 양이 가냘픈 목소리로 말했다.

"하지만 지금의 내가 린타로에게 그걸 말해 봤자…… 설득력이 없어."

"무언가 노림수가 있고, 하지만 아직 잘 풀릴 기미가 보이지 않는다는 건가요?"

"응……."

그렇군.

그렇다면 이야기는 간단하다.

"즉, 컨설턴트가 나설 차례라는 거군요."

내가 아사히 양의 노림수를 성공으로 이끌면 된다.

아사히 양은 입을 쩍 벌리고 어리둥절한 기색을 보였다.

◇

집에 돌아온 린타로는 곧장 자기 방으로 가서 교복 차림으로 침대에 누웠다.

카페에서 이츠키와 대화한 후, 린타로는 평소처럼 쵸토 렌의 연설을 보좌했다. 청중의 반응이나 목소리가 들리는 범위를 일일이 확인하고, 필요하다면 즉시 제스처로 전달해 실시간으로 개선을 꾀하는 것이 린타로의 방식이다.

예를 들어, 이날은 마이크 볼륨을 예정보다 높였다. 선거기간 6일째라는 점도 있어 청중들의 긴장이 풀리고 있었다. 평소보다 청중의 잡담이 많았기에, 그 목소리에 지지 않기 위해서라도 볼륨을 높이기로 한 거다.

쵸토 렌의 지지율은 오르고 있다.

온몸의 피로는 충실함의 증거였다.

이제는 쵸토 렌에게 당선될 의지만 있다면――.

"젠장……."

지지율이 올라가고 있어도 목표 달성에 가까워지고 있다는 실감이 나지 않는다. 어쩌면 자신은 그저 의미 없이 피폐해지고 있는 건 아닌가 하고 생각하게 될 때가 있다.

린타로는 토모나리 이츠키라는 남자를 떠올렸다.

그는 지금의 자신들에게 부족했던 마지막 한 조각이었다. 그가 이쪽 진영으로 와 준다면 쵸토 렌이 지금 상태라도 승산은 얼마든지 있다.

하지만 교섭은 처음부터 끝까지 난항을 겪고 있었다.

그걸로도 모자라…… 이제는 약점을 잡혔다고 해도 과언이 아니다.

(쵸토 선배에게 일러바치면…… 전부 끝장이 나.)

이츠키가 추측한 대로 린타로는 지금까지 있었던 네거티브 캠페인을 쵸토 렌 몰래 실행하고 있었다. 이것이 폭로된다면 린타로는 더 이상 움직일 수 없게 된다.

선거 활동을 위해 해야 할 일은 산더미처럼 쌓여 있지만…… 지금은 침대에서 일어날 기력이 생기지 않는다.

천장을 노려보고 있자니 옆방에서 소리가 들렸다.

누나인 카렌이 돌아온 모양이다. 시각은 오후 7시…… 상당히 늦은 귀가다. 선거기간에 접어든 뒤로 린타로는 방과 후 렌과 선거 활동에 대해 의논하고 있기에 귀가는 오후 6시 정도였다. 다른 학생에 비해 학교에 제법 오래 머물고 있을 텐데, 이날은 카렌이 훨씬 더 오래 학교에 있었던 모양이다.

학생회 임원 후보도 아닐 텐데, 이 시기에 학교에 남아서 무엇을 하고 있었던 건지…….

의아하게 생각하고 있자니, 옆방 문이 황급히 여닫히더니 우당탕거리는 발소리가 복도에서 들려왔다.

시끄럽네……,

평소와 다른 누나의 상태에 짜증이 났다.

시계를 확인한 탓인지, 배가 고프기 시작했다. 침대에서 나온 린타로는 그대로 식당으로 향한다.
가족과 얼굴을 마주치고 싶지는 않지만, 그렇다고 방에 틀어박혀 식사를 해결하는 건 반항기 아이 같아서 싫었다.
식당에 들어가기 직전, 누나인 카렌과…… 아버지의 목소리가 들린다.
"카렌. 그 계획에는 상대의 동의가――."
"응. 하지만 그건 토모나리 군이 해줄 거니까――."
식당 문을 열자, 두 사람은 대화를 중단하고 이쪽을 보았다.
뭔가 들키고 싶지 않은 이야기라도 하고 있었던 건가. 흥미 없다고 말하고 싶은 참이지만, 토모나리 이츠키의 이름이 나온 것만은 마음에 걸린다.
만약 이츠키가 카렌에게 모든 정보를 공유했다면…… 카렌은 당장이라도 쇼토에게 린타로의 폭거를 일러바칠 거다.
방금 그건, 그것에 관한 이야기가 아닌가?
의구심을 품고 두 사람을 노려보고 있자니――.
"린타로."
누나가 말을 걸었다.
무시하고 두 사람과 떨어진 위치에 있는 의자에 앉았다.
"린타로!"
카렌의 커다란 목소리가 식당에 울려 퍼졌다.
반사적으로 뒤돌아본다.
"뭡니까……?"
"내일 방과 후, 시간을 좀 내 줘."

카렌은 강한 결의를 표정에 드러내고 있었다.

“꼭, 린타로가 들어줬으면 하는 이야기가 있어.”

힘찬 그 목소리는 역시 지금까지의 누나와는 달랐다.

단순히 자포자기한 건 아니겠지. 카렌의 결의를 느낀 린타로는 예전처럼 무시할 수 없었다.

“시시한 용건이라면, 그냥 넘어가지 않겠어요.”

린타로는 누나를 매섭게 노려보았다.

하지만 누나는 똑같은 눈빛으로 받아쳤다.

짜증이 치민다.

이제 와서…….

이제 와서, 뭘 할 수 있다는 거야…….

◆

선거기간 7일째 방과 후.

각자 연설을 마친 뒤, 우리는 카페에 모여 있었다.

한 테이블에 일곱 명이 둘러앉는 대인원이 되어 조금 눈에 띌 것 같았기에 구석진 자리로 안내를 받았다.

멤버는 고귀한 티파티로 친숙한 나, 히나코, 텐노지 양, 나리카, 아사히 양, 타이쇼. 여기에 추가로 유일한 후배인 린타로가 있다.

“과연.”

모두가 마실 것이 도착했을 때, 린타로는 누구보다 먼저 커피를 한 모금 마셨다.

"후배 하나를 상대하려고 떼로 몰려든…… 그런 겁니까?"

"그렇지 않아."

아사히 양이 고개를 가로저었다.

"모두를 부른 건, 이제부터 시작할 이야기를 다들 들어줬으면 해서야. 지금부터 나랑 토모나리 군만 린타로와 이야기할 거야."

그 말대로다. 우리는 린타로를 압박할 의도가 없다. 그렇게 보일 법도 하지만, 지금처럼 농담을 꺼낼 수 있다면 괜찮을 거다.

게다가 이런 상황을 만든 건 린타로의 자업자득이기도 하다.

"여기 있는 사람들은 전부, 앞으로 이야기할 내용의 당사자다. 예를 들면, 네거티브 캠페인 같은 것 말이지."

텐노지 양과 나리카가 네거티브 캠페인의 당사자인 건 말할 것도 없다.

타이쇼가 여기 있는 이유는 이제부터 이야기할 거다.

그리고 히나코가 여기 있는 이유는── 아마 히나코 역시 이번 일의 당사자일 것이기 때문이다.

"우선, 모두에게 공유해 둘 것이 있습니다."

나는 먼저 텐노지 양이나 나리카 일행에게 지금까지의 정보를 공유하기로 했다.

"지금까지의 네거티브 캠페인은 전부 린타로의 독단이었습니다. 죠토 군에게는 비밀리에 진행되고 있는 모양입니다."

다른 멤버들이 적잖이 놀란 표정을 짓는다.

여러 의문이 떠오른 듯했지만, 다들 일단 그 의문을 삼켜 주었다. 이 대화는 어디까지나 나와 아사히 양, 그리고 린타로가 진행

한다. 모두가 각자 한마디씩 하면 수습이 안 된다는 것을 눈치챈 것이리라.

"린타로가 그렇게까지 한 이유는 몇 가지 있겠지만, 그중 하나가 아사히 양과의 남매 싸움이라고 저는 생각합니다."

그렇게 말하면서 나는 린타로를 보았다.

린타로는 처음에는 이 가능성을 부정했다. 자신은 그렇게 유치하지 않다. 누나에 대한 앙갚음 따위 생각하지 않는다고 말했었다.

하지만 린타로는 숙연한 표정으로 입을 열었다.

"저도 그 뒤로 머릿속을 정리했습니다……. 인정하죠. 제 행동에는 확실히 누나에 대한 사적인 원한이 포함되어 있습니다."

"윽."

린타로가 쏘아붙이자, 아사히 양이 슬픈 듯한 표정을 지었다.

하지만 참았다. 아사히 양은 입술을 굳게 다물고 린타로에게서 눈을 떼지 않았다.

"린타로. 나는 지금부터 너희의 남매 싸움을 끝내겠어."

"네……?"

린타로가 경악한다.

린타로는 이 모임이 네거티브 캠페인을 그만두라고 설득당하는 자리라고 생각했겠지.

그게 아니다. 오늘 이 자리에는 남매 싸움에 종지부를 찍으려고 불렀다.

"린타로, 너는 아사히 양이 가업을 잇기로 한 이유를 알아?"

"자기 한 몸 사리기 위해서인 게 뻔하잖아요. 우리는 아버지의 추태를 보며 서로가 해야 할 일을 배웠습니다. 그걸 내팽개치다니…… 믿을 수 없다고요."

린타로가 아사히 양을 노려본다.

하지만 나는 알고 있었다. 아사히 양은 그렇게 미움받을 만한 짓을 하지 않았다.

"린타로를 지키기 위해서라고 해도 말이야?"

린타로가 눈을 크게 떴다.

"저를, 지킨다고요……?"

아사히 양을 본다.

여기서부터는 아사히 양의 입으로 직접 설명하게 하자.

"린타로도 알고 있겠지만…… 지금 우리 회사에선 아빠가 고립된 상태잖아."

아무 말도 없는 린타로에게, 아사히 양이 말을 잇는다.

"만약 나랑 린타로가 잇지 않는다면…… 우리 회사는 아마 우리 가족을 싫어하는 사람이 잇게 될 거라고 생각해."

이전에 아사히 양은 말했었다.

제스 홀딩스에서는 아사히 양의 아버지를 멀리하는 반(反) 아사히파가 대두하고 있다고. 나중에 린타로가 그 기세를 밀어주게 되지만, 반 아사히파가 생겨난 건 아사히 양이 린타로를 배신하기 전의 이야기다.

"린타로가 만들려고 하는 회사는 옛날에 나랑 같이 생각했던 가전 양판점이지?"

"맞아요. 문제 삼았던 건 어디까지나 사내 체제뿐이었으니까요. 상품 자체는 가업의 노하우를 살릴 수 있도록 가전제품으로 할 생각이었습니다."

"즉, 린타로가 창업하려는 회사와 지금 아빠가 경영하고 있는 회사는 같은 업계라는 뜻이네."

무슨 말을 하고 싶은 거냐는 듯, 린타로는 의아한 눈으로 아사히 양을 보았다.

하지만…… 여기가 중요한 대목이다.

"만약 나랑 린타로가 제스 홀딩스를 잇지 않는다면…… 그 회사는 거대한 적이 되는걸?"

적. 그 한마디에 린타로는 미세하게 반응한다.

"명색이 국내에서 한 손에 꼽히는 매출을 내는 가전 양판점이야. 역사도 자본도 차원이 달라……. 신흥 기업이 싸울 수 있을 것 같아? 적으로 돌리기에는 너무나도 거대해."

"같은 업계라고 해서 반드시 경쟁한다고 볼 수는 없습니다. 게다가 아버지를 싫어하는 사원들은 제가 아군으로 끌어들여 빼낼 생각입니다."

"모두 빼내는 건 무리겠지. 우리 회사에는 우리 가족을 통째로 싫어하는 사원이 엄청 있어……. 그런 사람이 우리 회사를 계승하는 건데? 린타로가 회사를 세우면 방해한 게 뻔해."

린타로는 우수하다. 기요우 학원에서의 성적이 그것을 뒷받침하고 있다.

어설프게 우수하기에 오히려 경계당할 거다. 앞으로 확실히 성장할 경쟁자의 싹을 일찌감치 짓밟으려는 인간은 반드시 존재한다.

린타로는 제스 홀딩스의 사원들을 회유하고 있다고 들었지만, 아무래도 완벽하지는 않은 모양이었다. 제스 홀딩스의 종업원은 그룹사를 포함하면 5000명 이상. 각 계열사에 대표가 있을 테니 차기 사장 후보도 많다.

아사히 양의 아버지는 경영 수완에는 문제가 없다고 하니, 일반 종업원들이 미워하진 않는다. 미워한다면 인품을 알 기회가 있는 직위가 높은 사람들이다. 즉, 반 아사히파는 제스 홀딩스의 수뇌부에 몰려 있다.

정점에 서는 자들은 생각이 많고 신중하다. 린타로가 아무리 아버지를 총알받이로 삼아 비위를 맞추려고 해도 모두를 아군으로 만들긴 지극히 어렵다.

아사히 양과 린타로가 제스 홀딩스에서 손을 떼면, 상층부에 있는 반 아사히파 중 누군가가 회사를 계승할 거다. 아사히 양이 예견한 미래가 찾아올 가능성은 높다.

"게다가 린타로도 알고 있겠지만, 창업이라는 게 그렇게 간단하지 않아. 잘 풀리지 않을 가능성이 더 커."

그건 나도 매니지먼트 게임 때 생각했다. 게임이니까 창업해도 자동으로 회사가 성장할 수 있었지만, 현실에서는 그 과정에서 몇 번이고 벽에 부딪혔을 거다. 자금 조달 하나만 해도 쉬운 일이 아니다.

키오우 학원에 다니는 학생이라도 창업이 확실히 성공한다는 보장은 없다.

"만약, 린타로가 잘 풀리지 않았을 때…… 돌아갈 곳이 없다면 너무나 괴로울 거라고 생각했어. 그래서 나는 그 돌아갈 곳을 남겨두고 싶었어."

당시의 결의를 되돌아보며, 아사히 양은 말한다.

"나는…… 가족을 지키고 싶으니까, 가업을 잇기로 한 거야."

린타로가 눈을 부릅뜬다.

이것이 아사히 양이 린타로를 배신한 이유였다.

남매 중 누구도 가업을 잇지 않는다면, 제스 홀딩스는 제삼자의 손에 넘어가 버린다. 창업해서 잘된다면 문제없지만, 만약 실패한다면? 더 이상 돌아갈 곳이 없다. 제스 홀딩스가 반 아사히파의 손에 넘어간 이상 되찾을 수단은 없고, 예전과 같은 생활은 할 수 없게 된다.

아사히 양은 린타로가 실패했을 때를 생각하고 있었던 거다.

일가족이 길거리에 나앉을지도 모른다는 최악의 사태를 피하고자 움직이고 있었다.

"요컨대 아사히 양은, 린타로 네가 실패해도 돌아올 수 있는 보금자리를 남겨두고 싶었던 거야."

그리고 그건 반 아사히파라는 역풍이 몰아치는 전장에 혼자 뛰어들겠다는 각오의 증표였다.

가족을 지키겠다는 아사히 양의 각오는 린타로의 창업하겠다는 각오에도 결코 뒤지지 않는다.

린타로는 주먹을 꽉 쥐고 누나를 노려보았다.

"왜…… 그걸 지금까지 저한테 말하지 않은 겁니까……!"

그 이유는 두 가지다.

하나는 아사히 양의 배려다. 동생이 실패해도 괜찮도록 집을 지키기로 했다니, 그런 생색내는 듯한 발언은 누나로서 차마 입 밖으로 낼 수 없었으리라. 창업에 의욕을 보이고 있는 린타로에게 찬물을 끼얹고 싶지 않았다는 점도 있다.

하지만 아사히 양에게는 더 큰 두 번째 이유가 있었다.

"그건, 내 실력이 부족했기 때문이야."

아사히 양은 미안한 듯 말한다.

"이 이야기를 하는 이상, 내가 아빠처럼 되지는 않을 거라는 사실을 증명할 필요가 있다고 생각했어. 그래서 뭔가 돌파구를 찾은 뒤에 말하자고 결심했었는데……. 미안해. 계속 생각해 봤지만, 아무리 해도 돌파구를 찾을 수 없었어. 나름대로 열심히 해봤다고 생각하지만, 나는 린타로랑 달라서 성적도 별로 좋지 않았으니까."

아사히 양이 자조하듯 웃는다.

린타로는 월등히 우수한 성적을 거두고 있다. 하지만 아사히 양 또한 이 키오우 학원이라는 환경 속에서 평균보다는 훨씬 좋은 성적이다. 내가 이 학교에 편입한 지 얼마 되지 않았을 무렵 열렸던 공부 모임에서도 아사히 양은 가르쳐 주는 입장이었다.

평범한 실력밖에 없는 상태에서 동생을 설득해서는 안 된다.

아사히 양은 자신에게 부과한 그 원칙 때문에 자승자박 상태에 빠져 있었다.

“하지만 이제야 앞으로 나아갈 수 있을 것 같아서, 오늘은 린타로와 이야기하기로 마음먹었어.”

아사히 양의 눈짓을 받는다.

“린타로. 이걸 읽어 줘.”

나는 가방 속에서 서류를 꺼내 린타로에게 건넸다.

“이건…….”

“매니지먼트 게임에서 아사히 양이 가전제품 이동 판매 비즈니스를 했던 건 알고 있지?”

린타로는 작게 고개를 끄덕였다.

“이건 그── 사업 계획서야.”

다른 멤버들에게도 같은 서류를 주며 린타로의 의문에 답했다.

아사히 양은 가족을 지키려고 했다. 하지만 그 방법이 전혀 떠오르지 않았다.

그래서 내가 이 계획서를 준비한 거다.

“이 비즈니스를 아사히 양이 주도해서 실현할 거야.”

이건 아사히 양이 가족을 지키기 위한 첫걸음이다.

“선거가 끝나면 사내 결재에 이걸 올릴 생각이야. 시장 분석부터 수익 모델까지 토모나리 군과 함께 생각했어. 계획서의 퀄리티는 아빠도 확인했고. 순조롭게 진행되면 매니지먼트 게임 실적이 고려되어 긍정적으로 검토될 거래.”

“정말로 통과될 것 같습니까? 설령 계획서에 문제가 없다고 해도 그 회사에는 아버지를 싫어하는 사람이 수없이──.”

“──그러니까 내 이름으로 통과시킬 거야!”

아사히 양이 일어나 큰 소리로 대답했다.

"내가 해서, 내가 다음 사장에 어울린다는 걸 증명하겠어!"

린타로를 위해 아사히 양은 그 결단을 내린 거다.

법적인 면을 고려하면 아사히 양이 직접 종업원을 움직이기 어렵다. 그래서 대외적으로는 아사히 양의 이름을 내세울 수 없겠지만, 중요한 건 실질적인 이야기다. 사장인 아사히 양의 아버지가 허가한다면 아사히 양은 얼마든지 회사에 출입할 수 있고, 회의 참석도 허용된다.

직권 남용이라고 비난받을 일도 있을 거다. 하지만 그 정도의 역풍은 이미 각오한 바다.

요컨대 반 아사히파 사람들에게 본때를 보여주면 되는 거다.

이 사업을 이용해 아사히 양은 자신의 각오와 업무 능력을 회사에 보여준다.

아사히 카렌은 사장이 될 그릇이다――. 그 소리를 듣게 만들면 된다.

"퇴로를 차단하고 각오도 굳혔어. ……학생이라는 건 상관없어. 나는 가족을 지키기 위해 전력으로 회사 일에 관여하기로 했어. 내가 나중에 가업을 이었을 때 아빠처럼 사람들의 신용을 잃지 않기 위해서라도 지금 실적을 쌓을 거야."

각오를 다진 아사히 양이 당당하게 린타로를 응시한다.

"그 비즈니스는 우리 회사만의 것이 아닐 터입니다."

계획서 페이지를 넘기며, 린타로는 쥐어짜는 듯한 목소리로 말했다.

"확실히 이 사업 계획을 성공으로 이끌 수 있다면 누나는 사내에서 신뢰를 얻을 수 있겠죠. 하지만 본래 이 비즈니스에 같이 관여해야 할 회사……이사는 타이쇼는 어떻게 된 겁니까? 이 계획서를 보고 있으면 마치 제스 홀딩스에 권리를 넘긴 것처럼 보입니다만……."

설마 그럴 리가 없다고 의심하며, 린타로는 타이쇼를 보았다.

하지만 타이쇼는 진지한 표정으로 고개를 끄덕였다.

"어, 넘겼어."

이 이야기를 하려고 타이쇼를 불렀던 거다.

타이쇼는 그것이 당연하다는 듯이 설명했다.

"아버지께 머리 숙여서 이 사업의 간판은 제스 홀딩스에 넘기기로 했어."

"어, 어째서 그런 짓을……."

"친구를 위해서라고 말하니까 금방 납득해 주시던걸? 우리 집은 의리를 소중히 여기는 회사니까 말이야. 역사가 긴 BtoC 기업이라는 건 크든 작든 그런 면이 많거든. 너도 그런 회사를 만들고 싶어 했던 거 아니었냐?"

"큭……."

타이쇼의 아버지는 인간관계를 중시하는 사장이었다.

린타로는 아버지의 뒤에서 손익뿐만 아니라 종업원의 눈높이에서는 것을…… 즉, 사람의 마음을 생각하는 것의 소중함을 배우고 있을 터다.

타이쇼는 그것을 실행할 뿐이다……. 아이러니하게도 지금, 린타로의 앞에 버티고 서 있는 타이쇼는 린타로가 생각하는 이상을 체현하고 있었다.

이번에 숨은 MVP는 틀림없이 타이쇼일 거다. 어제오늘 내가 이 사업 계획서를 만들 수 있었던 건, 타이쇼가 단 1초도 망설이지 않고 아버지에게 머리를 숙여 준 덕분이다.

타이쇼도 분명 장래에는 훌륭한 사장이 되겠지…….

"아버지는 웃으면서 말씀하셨어. 제스 홀딩스는 앞으로 단골 고객이 될 테니까, 빚은 얼마든지 달아도 된다고 말이야……. 린타로. 너희 누나는 여러 어른들에게 기대를 받고 있는 모양이야."

린타로는 험악한 눈빛으로 아사히 양을 보았다.

아사히 양은 허리를 꼿꼿이 펴고, 부끄러울 것 하나 없다는 진지한 표정을 짓고 있었다.

"쵸토 군은 지금 키오우 학원의 전통에 이의를 제기하는 개혁파로서 선거 활동을 하고 있지?"

자리에 앉은 아사히 양의 물음에 린타로는 무언으로 고개를 끄덕인다.

"린타로도 마찬가지야? 전통은 나쁜 거라고 생각해?"

"그래요. 케케묵은 관습에 발목을 잡힐 바에야 새로운 것을 목표로 날아오르는 게 낫죠……. 우리 회사도 마찬가지예요. 왜 굳이 허울만 남고 다 무너져가는 성을 물려받는 거죠? 저는 이해할 수 없어요……."

린타로는 힘없는 목소리로 대답했다.

마치 어딘가 찔리는 구석이 있는 것처럼.

"하지만 우리는 그 전통에 의해 보호받았어."

아사히 양은 평온하게 고한다.

"우리 가족은 줄곧 지금의 회사에 의해 보호받았어. 우리의 생활은 전부 전통에 의해 유지되어 왔고……. 그래서 나는 그걸 지키기 위해 싸우고 싶어."

아사히 양이 자신의 전장과 싸우는 의의를 입에 담는다.

"아빠는 실패했다고 생각해. 아빠도 그 사실을 몹시 후회하고 있고. 그렇기에 내가 가업을 잇는 거야. 아빠의 실패를 버리는 게 아니라 활용하기 위해서."

실패를 활용한다. 그것이 전통 아닐까.

아사히 양의 이야기를 듣고 있자니 그런 생각이 들었다.

"가족의 보금자리는 내가 지킬게. 그러니까 린타로는 마음대로 살아도 돼――. 하지만 앞으로 이런 비겁한 수단은 쓰지 마. 더 이상 아빠를 깎아내리지 마."

그렇게 말하며 아사히 양은 머리를 숙였다.

"린타로……. 부탁이야."

린타로는 울상을 하고 필사적으로 무언가를 생각하고 있었다.

전통에 보호받는 사람은 실제로 존재한다. 기득권이라고 하면 어감이 나쁘지만, 아사히 양의 가족은 그것에 의해 지켜져 왔다.

두 사람은 어릴 적에 토대가 무너지는 것을 눈앞에서 목격했다. 날아올라야 한다고 생각한 린타로도, 다시 세워야 한다고 생각한 아사히 양도, 둘 다 존중받을 수 있다고 생각한다. 지금의 린타로라면 그 사실을 이해할 거다.

딱히 린타로가 창업하는 것이나 개혁파로서 죠토를 응원하는 것이 나쁜 일은 아니다. 하지만 누나에 대한 원망을 잃은 지금, 지금까지의 행실에 대해 무엇을 생각할지…….

혼탁이 걷힌 눈으로 자신을 돌아보며 무엇을 느낄지——.

"…………알겠습니다."

떨리는 목소리로 린타로는 말했다.

아사히 양이 고개를 든다.

"어차피 계략에만 의존해 봤자 언젠가 벽에 부딪힐 거라 생각했습니다. 이번 선도 죠도 선배에게 고발하면 저항할 수 없었을 테고요……."

린타로는 깊게, 아주 깊게 숨을 내뱉는다.

"이제 됐습니다…………. 이젠, 지쳤어요."

마지막으로 그렇게 말한 린타로는 고개를 떨구고 그대로 움직이지 않게 되었다.

나는 텐노지 양이나 나리카 일행과 눈을 맞춘다. '이건 설득에 성공한 걸까?' 라고 확인하려는 시선이 여기저기서 날아왔다.

설득했다고 생각해도 될 거다.

나는 린타로가 입에 담은 마지막 말이야말로 본심이 담겨 있다고 느꼈다. ——이젠 지쳤다. 그야 당연하겠지. 남의 험담을 퍼뜨리는 야비한 방법으로 위로 올라가는 건. 타인을 끌어내리기 위한 트집을 머리를 써서 필사적으로 짜낸다면——.

린타로는 영리하다. 자신의 행실이 틀렸다는 것을 어렴풋이 자각할 정도로는.

침울해하는 린타로의 어깨는 축 처졌지만, 어딘가 가벼워 보였다. 어쩌면 린타로는 줄곧 짊어지고 있던 것을 내려놓고 싶었던 걸지도 모른다. 두 어깨를 짓누르고 있던 죄책감. 견디기 힘든 그 짐을…….

린타로는 이날을 줄곧 기다려 왔던 걸지도 모른다……라고 생각하는 건 역시 너무 유리하게 해석하는 걸까?

아니, 그렇지도 않을 거다.

왜냐하면 린타로는 줄곧…………

"저기, 린타로."

말을 걸자 린타로가 고개를 든다.

그 얼굴을 바라보며 나는 줄곧 신경 쓰였던 점을 전했다.

"린타로 네가 몇 번이고 나를 스카우트했던 이유는――."

"이건――."

등 뒤에서 들려온 목소리에 나는 펄쩍 뛰어오를 정도로 놀랐다.

후다닥 돌아본다. 그곳에 서 있는 사람은――.

"이건, 무엇을 하고 있는 거지……?"

"쵸토 군……."

쵸토는 그 눈으로 린타로를 똑바로 바라보고 있었다.

몹시 침울해진 듯한 린타로를 본 쵸토는 희미하게 분노하는 표정을 지었다.

"린타로, 무슨 일이 있었던 거지?"

"쵸토, 선배……."

린타로는 그 자리에서 몸을 웅크렸다.

“죄송합니다. 저는 선배님께 사과해야 할 일이 있습니다.”

독단으로 행동한 일을 직접 고백할 생각인가——.

나와 아사히 양의 시선이 교차한다. 사실 나와 아사히 양은 남매 싸움을 끝낼 수 있다면 린타로의 행동을 전부 불문에 부치기로 사전에 합의했다.

아사히 양과 화해한 린타로와는 개운하게 경쟁할 수 있을 거라 생각했기 때문이다.

그러니 이젠 됐다…….

린타로도 여러 가지를 짊어진 채 막다른 곳에 몰려 있었던 거다. 이제는 그만 편해져도 좋다고 나는 생각하고 있었지만——.

“교내에 돌고 있는 소문 말인가.”

“——윽.”

린타로가 경악한 나머지 말을 잃었다.

하지만 우리도 그만큼 놀라고 있었다.

“알았던, 건가요……?”

“어렴풋이는.”

쇼토는 따스한 눈빛으로 린타로를 봤다.

“네가 사과할 필요는 없어.”

쇼토는 미안해하는 얼굴로 린타로에게 다가가 그 머리를 가볍게 쓰다듬었다.

“린타로를 그 지경으로 내몬 건…… 내 나약함이 원인이겠지?”

린타로는 두 눈에서 눈물을 흘렸다.

회장 후보인 쇼토와 그 보좌를 맡은 린타로. 두 사람이 단순한 친구가 아니라는 건 짐작하고 있었지만, 눈앞에서 보이는 깊은 신뢰 관계에서는 그 이상의 무언가가 느껴진다.

뭐야, 이 유대감은……?

그러고 보니 두 사람은…… 어디서 만난 걸까?

쇼토 렌과 아사히 린타로는 2년 전 사교계에서 만났다.

렌의 아버지가 소속된 정치 단체의 파티였다. 렌은 주최자의 아들로, 린타로는 초대를 받은 아버지의 후계자 후보로 참가했다.

당시 린타로는 이미 아버지를 저버렸고 후계자가 될 마음도 전혀 없었지만, 이런 기회는 귀중하다고 판단해 참가했다. 누나에게 배신당해 막다른 곳에 몰린 린타로는 외부에서 인맥을 찾고 있었다.

한편, 렌 또한 아버지와 같은 커리어를 주변에서 촉망받고 있었으며, 이날은 언젠가 신세를 지게 될지도 모르는 정치가나 부호들과 대면하라는 말을 들은 상태였다.

하지만 막상 파티가 시작되자 양쪽 아버지는 바빠졌고, 렌과 린타로는 한가해졌다.

또래 아이들이 적은 가운데, 시선을 방황하던 두 사람이 이윽고 해후한 건 필연이었을지도 모른다.

렌과 린타로는 금방 의기투합했다.

왜냐하면 두 사람은 닮은꼴이었기 때문이다.

린타로는 사장인 아버지의 한심함을 목격하고 장차 입학할 예정인 키오우 학원의 교육 방침에 의구심을 품고 있었다.

한편 렌 또한 정치가인 아버지와 할아버지의 편향된 생각에 위화감이 있었다. 교활한 늙은이들이 설친다는 정계에서 살아남기 위해서라고는 하나, 아들인 렌에게 철저히 안정 지향을 심어주려는 그 교육 방침은 종종 역겨웠다. 친족의 스캔들을 피하는 것, 오직 그것만을 위해 렌은 어린 시절부터 '풍파를 일으키지 마라.'라는 말을 강하게 들어왔다. '사상을 갖지 마라.' 라고 바꿔 말해도 좋을 아버지의 충고는 너무나도 답답한 인생의 강요를 의미했다. 그런 아버지와 할아버지를 배출한 키오우 학원에는 원망마저 느끼고 있었다.

렌과 린타로는 어른들의 경직된 사상에 진저리를 내고 있었다.

그리고 그 초석인 키오우 학원을 바꿀 수 없을지 고민했다.

"학생회장이 되면 어떻습니까?"

진지한 이야기를 나누는 사이 두 사람은 장소를 옮겼다. 몰래 회장을 빠져나온 두 사람은 난간에 팔꿈치를 올린 채 대화를 나눈다.

린타로의 제안에 렌은 눈을 휘둥그레 떴지만, 이윽고 고개를 가로저었다.

"그건 할 수 없어."

"어째서입니까?"

"회장이 되기만 하는 거라면 괜찮아. 하지만 키오우 학원의 전통을 바꾸려 하면 아버지가 막으실 거야……. 그분은 내가 안 좋게 눈에 띄는 걸 두려워하시거든."

렌의 처지에서, 키오우 학원 제도의 시정은 어려웠다.

"하지만 그러면 언제까지고 우리 같은 사람이 생깁니다."

절실한 마음을 드러내는 린타로에게, 렌 또한 생각에 잠겼다.

적어도 대안 정도는 내놓고 싶다. 그렇게 고민한 끝에—— 어떤 방안에 도달한다.

"우리 학년에 코노하나 히나코라는 재녀가 있어."

렌은 사교계에서 몇 번인가 만난 적이 있는 소녀를 떠올렸다.

"내년에 키오우 학원에 입학하겠지……. 그 사람이라면 우리 생각도 이해해 줄 거야. 그러니까 맡겨보지 않을래?"

"맡긴다니? 무슨 의미입니까?"

"회장은 될 수 없지만, 선거전에는 나가는 거야."

렌은 자신의 묘안을 설명했다.

"대외적으로는 회장을 목표로. 하지만 진짜 목적은 우리의 문제 제기를 전교생에게 전달하기 위해서다……. 그만큼 하면 나머지는 코노하나 히나코가 회장이 되어 우리가 펼쳐놓은 문제들을 진지하게 수습해 줄 거야."

그렇게 하면 렌이 회장이 될 필요가 없다.

회장이 된 코노하나 히나코에게 개인적으로 문제를 제기하는 것만으로도 충분할지 모르지만, 그러면 확실성이 불안하다. 하지만 전교생이 문제의식을 공유하면 회장이 된 코노하나 히나코는 해결을 위해 움직일 수밖에 없다. 그렇다면 자신들이 그 상황을 만들면 된다.

하지만 린타로는 떫은 표정을 지었다.

"반대합니다. 저는 쵸토 선배님이 회장이 되면 좋겠어요."

"무리한 소리 하지 마. 집안의 굴레가 없었다 하더라도 내가 코노하나 양을 이기는 건 불가능해. 그 정도로 완벽하거든."

"불가능하지 않습니다!"

린타로는 단언했다.

"약속해 주세요. 만약 선배님이 회장으로 뽑힌다면, 그때는 깨끗하게 저와 함께 싸워주겠다고…… 저와 함께 지금 세상을 바꾸겠다고, 약속해 주세요!"

린타로의 각오를 느끼며 렌은 깊게 숨을 내뱉는다.

"알았어. 약속할게. 하지만 난 회장이 될 생각은 없으니까 말이야. 선거전에는 나가겠지만, 어디까지나 문제 제기에 필요한 일들만 할 거야."

"약속만 해주신다면 좋습니다."

렌이 회장이 되는 것을 불가능한 꿈으로 여기는 건 명백했다.

하지만 그 약속은 린타로를 더없이 부추겼다.

"제가 반드시 선배님을 회장으로 만들어 보이겠습니다……. 어떤 수를 써서라도요."

렌은 린타로의 눈이 수상하게 빛나는 것을 보았다.

보았지만…… 못 본 척하기로 했다.

전통. 관습. 출신. 환경. 그것들을 파괴하는 건 결코 쉽지 않으며, 지금 린타로가 보여주 것처럼 범상치 않은 집념이 필요하다는 것을 렌은 이루 헤아리고 있었다.

그래서 렌은 키오우 학원에 입학한 뒤 한동안 성적을 올리는 데 전념했다.

자신의 집념을 시험하는 행위였다. 이 학교에 한마디 할 수 있을 정도의 실력이 있다는 자부심을 만들기 위해서였다. 불평만 늘어놓는 인간으로 전락하는 것만은 받아들일 수 없었다.

아버지의 속박에 묶여 있는 이상 개혁을 주도할 수는 없다. 하지만 개혁의 봉화를 올리는 행위만으로도 책임은 발생한다. 그 책임을 짊어질 인간이 되고 싶다고 생각했다.

정기 시험 결과가 나온 어느 날, 렌은 다른 반에 있는 히나코의 모습을 살폈다.

히나코는 같은 반 아이들에게 공부를 도와달라는 간청을 받고 있었다.

"코노하나 양. 정치학을 가르쳐 주지 않겠나요?"

부탁을 받은 히나코는 잠시 생각하다가 대답한다.

"상관없습니다만, 정치학이라면 옆 반에 있는 쵸토 군이 더 잘 알 거예요."

나를 알고 있다——.

그 코노하나 히나코가 이름을 기억하고 있다——.

이 시점에서 렌은 원하던 자부심을 손에 넣었고, 동시에 만일의 경우 코노하나 히나코에게 발언할 권리를 얻었다고 생각했다. 맥이 빠진 건 아니지만, 회장이 될 수도 없는 노릇이었고 더 이상의 노력은 불필요하다고 판단해 학업에 대한 의식을 지워 나갔다.

그 이후로 렌은 조용히 존재감을 지워 나갔다……. 아버지에게

꽁꽁이를 들키지 않도록.

1년 후.

학생회 선거기간이 시작되었고, 린타로는 렌과 팀을 짰다.

약속대로 린타로는 온 힘을 다해 렌을 보좌했다. 하지만 당사자인 렌은 선언한 대로 문제 제기까지는 진지하게 임했으나, 그 이상으로 회장이 되기 위한 노력은 거부했다.

방과 후. 교실에 혼자 남은 린타로는 머리를 감싸 쥐었다.

(쇼토 선배에게 의욕이 없는 이상, 정공법으로 두 사람에게 이기는 건 어려울지도 몰라.)

첫날의 선거 속보를 보고 그 지지율 차이에 절망했다.

린타로는 책상 위에 펼쳐놓은 노트를 보았다. 선거에서 이기기 위한 아이디어를, 도움이 되는 것부터 하찮은 것까지 떠오른 모든 것을 메모했었다.

벽에 부딪힌 지금, 지푸라기라도 잡는 심정으로 자신이 남긴 아이디어를 본다.

그중에 하나, 지금 당장 실행할 수 있는 아이디어가 있었다.

(네거티브 캠페인……. 1학년을 중심으로 소문을 퍼뜨린다면 못 할 것도 없어…….)

이런 때를 위해 적극적으로 동급생 인맥을 쌓아 두었었다.

하지만 확실한 방법이었다. 린타로에게는 그 자전으로 회사 임원들에게 환심을 샀던 실적이 있으니까.

추잡한 수단이다. 렌은 거리낄지도 모른다.

망설이던 그때, 이유는 모르겠지만 한순간 누나의 얼굴이 뇌리를 스쳤다. 가슴속 짜증이 뇌에 도달했고, 린타로는 이 아이디어를 실행하기로 결심했다.

(하지만 만약 들킨다면 죠토 선배의 이미지가 나빠져.)

만약 들킬 때의 리스크를 생각하면 이 작전에 렌을 끌어들일 수는 없다. 할 거라면 독단이다. 렌이 책임을 추궁당하는 흐름만은 피해야 한다.

(설령 들키지 않는다 하더라도…… 그걸로 건전한 학생회를 만들 수 있을까?)

린타로에게 있어 죠토 렌이라는 남자는 훌륭한 선배였다. 사교계에서 처음 만난 날 뜨거운 토론을 나누었지만, 렌의 통찰은 린타로보다 한 수 위였다. 키오우 학원을 중심으로 한 상류층 환경에 진저리만 치고 있었던 린타로와 달리, 렌은 이번 선거전에서 발표한 것과 같은 공약을 그 시절부터 이미 생각하고 있었던 거다.

그렇기에 렌이 학생회장이 되었을 때, 그 옆에 자신 같은 인간이 있어도 되는지 고민했다. 자신 혼자라면 문제없지만, 렌의 인생에 먹칠하는 짓은 하고 싶지 않았다.

이마에 땀이 맺힐 정도로 고민한다.

자신은 언젠가 렌의 약점이 될지도 모른다.

그렇다면……

(…………대신할 부회장을 준비하면 돼.)

한바탕 손을 더럽힌 뒤, 마지막에 부회장 자리를 다른 누군가에게 양보하면 된다. 그렇게 하면 렌의 주변은 깨끗해질 것이고, 반석 같은 학생회가 탄생한다.

슬프다고는 생각하지 않았다. 원래 린타로가 선거에 참가하고 있는 이유는 키오우 학원의 제도를 바로잡기 위해서다. 그것만 이루어진다면 딱히 자신이 학생회에 들어갈 필요는 없다.

부회장이라는 자리에 집착은 없다.

그렇기에 그 마음은 순수했다.

린타로는 교실을 나와 교사 1층 복도로 향한다.

(나 이외의 부회장 후보라면…… 토모나리 이츠키 선배인가.)

전 학생회 임원이 실시한 『임원 후보들의 일상 엿보기 코너』 앞에서 멈춘 린타로는 생각에 잠겼다.

토모나리 이츠키는 부회장 자리를 다투는 경쟁자기에 이미 면밀히 조사해 두었다. 편입생이면서 조금씩 성적을 올리고 있으며, 매니지먼트 게임에서는 대기업의 인수를 막아내거나 획기적인 신규 사업을 제안하여 마지막에는 컨설턴트 상을 받았다.

게시된 리포트에서도 그의 성실함이 전해져 왔다.

청소로 시작하는 아침에 공부와 운동에 전념하는 스케줄.

주변 일을 사용인에게 맡기는 타입은 아닐 거다——. 아버지처럼 현재 지위에 안주하는 성격은 아니다.

리포트 마지막에는 제삼자의 코멘트가 실려 있다.

『성실한 자세가 주변에 좋은 영향을 미치고 있다. 그 사람의 노력을 보면 자신을 돌아볼 기회를 얻을 수 있다.』

좋은 평가를 받고 있다고 생각했다.

그라면 더러운 자신을 대신해 레읍 바르게 보좌해 줄 거다.

(이 사람에게 맡기자.)

마지막에는 토모나리 이츠키에게 부회장 자리를 양보한다. 실적도 능력도 인품도, 이 사람이라면 충분하다.

그러니까—— 자신은 이제 손을 더럽혀도 좋다.

어떻게 양보할지 고민했지만, 본인에게 솔직히 전부 전하면 된다고 생각했다. 네거티브 캠페인의 주모자가 자신이라는 것을 알게 되면, 분명 그는 불의에 분노해 부회장 자리를 받아들일 거다. 이 남자는 부회장에는 어울리지 않는다고 생각해 주겠지.

자신이 해야 할 일을 정한 린타로는—— 곧바로 소문을 퍼뜨리기 시작했다.

선거기간 3일째.

방과 후 연설이 끝나고 린타로와 헤어진 렌은, 차를 타고 집으로 돌아가며 낮에 있었던 일을 떠올렸다.

(묘한 소문이 돌고 있었지.)

린타로와 합류하기 위해 1학년 교사로 향했을 때의 일이었다. 스쳐 지나간 1학년들이 텐노지 미레이와 미야코지마 나리카의 악평에 대해 언쟁을 벌이고 있었던 거다.

그 동급생인 렌은 곧바로 그 소문이 새빨간 거짓말이라는 것을 눈치챘지만, 1학년이라면 믿는 사람도 있을 거다.

그건 그렇고, 이런 타이밍에 그런 소문이 퍼지는 건…… 인위적인 느낌이 든다.

(린타로인가.)

2년 전에 보았던 린타로의 눈매를 떠올렸다.

안이하게 의심할 생각은 없었다. 하지만 이상하게도 확신할 수 있었다—— 린타로라면 한다고.

하지만 그렇다고 해서 동요하지는 않았다.

렌의 심경은 복잡했고, 그렇기에 마음을 굳게 먹지 않으면 정신이 이상해질 것 같았다. 선거전에 나간 것까지는 좋았으나, 회장이 될 수는 없고 어디까지나 문제 제기에만 머문다. 그건 정신적으로 고된 싸움이었다. 솔직히 말해 대충 할 필요가 있었다.

허울만 정치가의 아들인 것이 아니다. 사실은 더 능숙하게 연설을 할 수 있다. 사실은 더 카리스마를 연출할 수 있다……. 연설 중에 청중들의 반응을 느끼고 있으면, 문득 진짜 실력을 발휘하고 싶어진다. 그것을 억누르느라 필사적이었다.

집에 돌아가는 길에 스마트폰을 보니, 몇 명의 지인으로부터 메일이 와 있었다.

지금 키오우 학원 학생들 사이에서 어떤 설문조사가 돌고 있는 모양이다.

그건 코노하나 히나코의 지지자였던 사람들에게 무엇을 바라고 있었는지 묻는 것이었다.

(재미있는 설문조사군. 확실히 최대의 부동표는 그쪽이니까.)

착안점이 좋다.

설문조사의 작성자는 누구일까? 이쪽 진영이 아닌 이상 텐노지 미레이나 미야코지마 나리카 두 사람…… 혹은 그 보좌인 토모나리 이츠키인가.

호감이 가는 작전이다. 코노하나 히나코가 회장에 입후보하지 않은 것에 대해 아무 일도 없었다는 듯이 행동하는 것이 아니라,

직시하고, 극복하려고 한다.

경의를 담아서, 렌은 설문조사에 협력하기로 했다.

코노하나 히나코에게 무엇을 요구하고 있었는가. 그 답은 렌의 안에서 이미 정해져 있다.

경직된 사상은 경직된 환경에서 태어난다.

경직된 환경을 바꾸려면 조직을 환기해야 한다.

받아들이는 학생의 폭을 넓히는 거다. 더 자유롭게, 더 다양성을 추구하며…….

그를 위해 필요한 것을 렌은 설문조사에 기입했다.

——출신 지상주의 철폐.

결국 이것만 이루어진다면 키오우 학원의 서민화는 실현될 수 있을 것이라고 렌은 생각했다.

(코노하나 히나코…… 어째서, 너는…….)

렌은 이마에 손을 얹었다.

이번 선거에는 큰 오산이 있었다.

그건 코노하나 히나코가 회장으로 입후보하지 않은 것.

코노하나 히나코라면 신뢰하고 모든 것을 맡길 수 있다고 생각했지만—— 이야기가 달라졌다.

그 대신 입후보한 건 텐노지 미레이와 미야코지마 나리카. 둘 다 걸물임에는 틀림없으나, 코노하나 히나코와 비교하면 약간의 불안을 느끼고 만다.

린타로의 모략은 시험대가 될지도 모른다.

텐노지 미레이와 미야코지마 나리카의 실력을 의심하고 있는 렌은 그렇게 생각했다.

모략 따위에 패배할 정도라면…… 이 학교를 맡길 수는 없다.

◆

"우선, 사과하고 싶어."

테이블을 둘러싼 우리 앞에서 쵸토는 고개를 숙였다.

"우리 쪽의 불찰로 무례한 소문을 퍼뜨리고 말았어……. 되도록 린타로를 탓하지 말아 주었으면 해. 전부 내가 한심한 탓이야. 책임을 지고 소문은 내가 곧바로 가라앉히겠어."

일변한 분위기에 우리는 솔직히 따라갈 수 없었다.

쵸토는 린타로를 감싸고 있었다. 하지만 그건 보편적인 다정함이라기보다 더욱 강력한 두 사람만의 신뢰 관계에서 비롯된 것이라고 느껴졌다.

"하지만, 그 점을 감안하더라도── 나는 역시 이 학교가 지나치게 결백하다고 생각했어."

쵸토는 텐노지 양과 나리카를 노려본다.

"이 정도 모략에 쩔쩔매는 사람들이 키오우 학원의 정점에 군림한다. 나는 그 사실에 위기감이 들어."

뭐지……?

쵸토가 자아내는 분위기가 조금씩 변화하고 있다.

그가 이렇게 만만치 않은 사람이었나?

이렇게 패기 넘치는 남자였던가?

"린타로……. 미안해, 무리하게 해서. 내 마음이 약해서 네가 대신 싸워 준 거구나."

분통한 듯 입술을 깨무는 린타로에게, 죠토는 다정한 눈길을 보냈다.

"덕분에 정신이 확 들었어."

죠토는 아무렇게나 흩뜨려 놓았던 머리카락을 양손으로 쓸어 올려 올백으로 만들었다. 가늘고 긴 눈매와 반듯한 눈썹이 드러나며 늠름한 인상을 준다. 무척 잘 어울리는 모습이다. 그것이 본래의 모습이라는 건 일목요연했다.

내가 지금까지의 죠토에게서 느꼈던 한심한 분위기는 이제 흔적조차 없다.

번뜩이는 그 눈으로 죠토는 우리를 노려본다.

"이제부터는── 내가 전면에 나서겠다."

부르르. 온몸에 전율이 일었다.

나는 이해했다. 이제부터가 진짜 승부라는 것을.

지금까지 내 주변에는 없었던 정치가 타입의 학생── 죠토 렌.

그가 진심을 다하기로 결심했다.

에필로그

오피스 빌딩에서 나온 코노하나 타쿠마는 대기 중이던 차에 타 넥타이를 풀었다.

몇 년 전부터 진행하던 외국인 투자 기업의 경영 재건이 일단락된 참이었다. 공들여 준비한 재건안은 무사히 주요 채권자들의 합의를 얻어냈다.

"후우."

여기서부터는 다른 자에게 맡겨도 될 거다. 손이 비어 한숨 돌린 찰나, 다음 안건들이 몇 개나 뇌리에 스쳤다……. 일은 무수히 있다. 쉴 새는 없다.

아무튼 지금은 실적이 필요했다.

만약의 경우, 누구도 무시할 수 없을 만큼 커다란 힘을 휘두르기 위해서――.

주머니 속에서 스마트폰이 떨린다. 화면에 비친 발신자의 이름을 보고, 타쿠마는 미간을 찌푸리며 전화를 받았다.

"연락하지 말라고 했을 텐데."

『죄송합니다. 하지만 선전포고만큼은 하고 싶어서요.』

미나토 마키는 담담하게 말했다.

『저는 당신 제자의 적이 될 겁니다.』

키오우 학원에서는 지금 차기 학생회 임원을 결정하는 선거전이 열리고 있다.

미나토 마키는 그것에 개입할 의도를 드러냈다. 그 목적이 무엇인지 타쿠마는 한순간 생각했다.

"질투인가?"

『하하하……. 당신이라는 인간을 또 하나 알게 되었네요. 흥미가 식은 상대에게는 말조차 고르지 않는군요.』

당연하다. 시간 낭비다.

『그 말이 맞습니다. 그가 당신에게 선택받은 이유를 어떻게든 알고 싶어서요……. 안 그랬다간 정신이 이상해질 것 같거든요.』

"고달픈 일이군……. 마음대로 해."

『괜찮겠습니까?』

"그는 벽을 뛰어넘을 때마다 성장하니까 말이야."

그러자 미나토 마키는 침묵에 빠졌고, 그대로 전화를 끊었다.

넘어가는 벽으로 취급당한 것이 분했던 걸까? 아무래도 좋다.

"이츠키 군…… 어렴풋이 눈치채겠지? 네 재능이 그런 쪽에 어울린다는 걸."

제자의 순박한 얼굴을 떠올리며 타쿠마는 중얼거렸다.

"가능하다면 이번 선거전에서 진화해 주면 좋겠군……. 앞면밖에 없는 동전은 쓸모없으니까 말이야."

특별 단편 ◆ 만약 히나코가 회장 후보로 나갔다면

선거기간 4일째 밤.

방에서 선거 활동 전략을 생각하고 있자니, 뒤에 있는 침대에서 소리가 났다.

"흐응……."

한동안 조용해서 자고 있는 줄 알았는데, 히나코는 깨어 있었다. 노트북을 빌려달라고 해서 일단 빌려주었는데, 아무래도 침대 위에서 지금껏 노트북을 만지고 있었던 모양이다.

"히나코, 뭐 하고 있어?"

"설문조사 결과를 보고 있어. ……나, 이런 식으로 생각되고 있었구나."

설문조사란 텐노지 양이 내게 집계를 부탁했던 그걸 말한다.

히나코가 회장 후보로 나갔다면 모두가 무엇을 바랐을지 하는 질문이다.

당연한 일이지만 그 설문조사를 집계할 때는 히나코의 허락도 구했다. 지금은 그 집계 결과를 확인하고 있었던 모양이다.

"그러고 보니 히나코는 회장에 입후보하지 않았지만, 만약 입후보했다면 어떤 회장이 되었을지 상상한 게 있어?"

“……없어. 그런 상상 하고 싶지도 않고.”

“하지만 회장이 된다면 키오우 학원을 마음대로 바꿀 수 있어.”

물론 적절한 선을 지킬 필요는 있겠지만.

키오우 학원을 마음대로 바꿀 수 있다. 그 가능성에 매력을 느낀 것인지 히나코는 잠시 생각에 잠겼다.

“그럼…… 우선은 수업을 주 3일로 하겠어.”

휴일이 아니라 수업을 주 3일로 하는 건가…….

어쩐다. 호기심이 생겨서 질문했는데, 벌써 결과가 보인다.

“점심시간을 두 시간으로 늘리고, 낮잠을 의무화할래.”

“의무는 좀…….”

“누군가가 애쓰고 있으면 다른 사람도 자기 힘들 것 같아서.”

미묘하게 주변을 배려하고 있는 점이 얄밉도록 영리하다.

이상한 데서 우수한 면모를 발휘하지 않으면 좋겠다.

“그리고…… 매점에서 감자칩을 살 수 있게 할 거야.”

그건 솔직히 나도 원해.

하지만 키오우 학원에는 어울리지 않는다는 기분도 든다. 감자칩이라면 편의점에서 사면 그만이다. 쇼토의 공약이 실현된다면 언젠가 매점에 감자칩이 진열되는 날이 올지도 모르겠지만…….

“……사실 내가 회장이 된다면, 아마 지금까지와 다를 바 없는 키오우 학원이 될 거야.”

히나코는 작은 목소리로 말했다.

“다들 나한테 바라는 건 견실하고, 기대에 부응하는 결과니까.”

“그렇구나…….”

히나코는 언제나 모두의 기대에 부응해 왔다.

기대에 부응한다는 건, 다시 말해 현실적이라는 뜻이다. 누군가의 요구에 부응하는 이상, 그 결과는 누군가가 예상하는 범위에 머문다.

텐노지 양이나 나리카의 공약은 키오우 학원의 모두에게 새로운 바람을 불어넣는 것이었다. 특히 죠토의 공약에 관해서는 참신한 것이라고 느끼겠지. 하지만 히나코의 경우는 새로운 바람이 아니다. 대체로 기존과 다르지 않은 방침의 공약이 된다.

"하지만 딱히 히나코 네가 키오우 학원을 바꾸지 못하는 건 아니잖아? 매니지먼트 게임에서도 M&A 같은 걸 했었고."

"응…… 기술적으로 불가능하다고 생각지는 않아."

히나코는 매니지먼트 게임에서 필요에 따라 코노하나 그룹을 개혁했다. 견실한 경영이 최대의 장점이었지만, 그렇다고 해서 변화를 일으키지 못하는 것도 아니다. 분명 타쿠마 씨도 그것을 확인하려고 마지막에 리콜 은폐 소동을 일으켰을 거다.

"다만, 나는 변혁보다는 견실한 결과를 내는 걸 더 잘해서…… 아마 다들 막연히 그걸 느끼고 있을 거야."

거기까지 말하고 히나코는 시선을 떨구었다.

"조금…… 분해."

히나코는 작은 목소리로 중얼거렸다.

"뭐가 분한데?"

"나도 마음만 먹으면 변혁은 할 수 있다고 생각하지만…… 다들 그렇게 생각해 주지 않아. 이 설문조사…… 텐노지 양이나 미야코지마 양을 대상으로 했다면 결과가 완전히 달라졌을 거야."

확실히 텐노지 양이나 나리카의 경우로 이 설문조사를 실시했다면 히나코 때와는 딴판으로 변혁을 요구하는 목소리가 다수를 차지했을 거다. 그 사실이 복잡한 모양이다.

(히나코도 두 사람을 의식하고 있구나.)

최근에는 선거에 집중하느라 텐노지 양과 나리카를 특히 더 생각하고 있었지만, 이 오랜 학교생활에서는 히나코 또한 어깨를 나란히 하는 존재다.

세 사람은 이미 절차탁마하는 관계다. 그렇기에 텐노지 양도 회장에 입후보했을 것이고, 나리카도 적잖이 영향을 받았음이 틀림없다.

지금 히나코가 한 말은…… 텐노지 양이 들으면 무척이나 기뻐하겠지.

아아…… 텐노지 양.

당신은 진짜로 히나코에게 경쟁자로 여겨지고 있어요…….

"……지금 누구 생각했어?"

"어……? 아, 아니야. 딱히 아무 생각도 안 했어."

갑자기 예리하다.

텐노지 양과 나리카에게 경쟁자 의식을 불태우고 있는 지금 마침 두 사람을 생각하고 있었다고 말하면 토라질 것 같아서 빈시격으로 얼버무리고 말았다.

"회장이 될 생각은 없지만……."

히나코는 살짝 얼굴을 붉히며 말한다.

"이츠키가 나를 생각해 준다면…… 조금 더 고민했을지도."

그렇게 말하며 히나코는 이불에 얼굴을 파묻었다.

그렇게 생각해 주는 건 영광이지만, 안타깝게도 그 고민은 무의미하다.

나는 언제나 히나코를 생각하고 있으니까.

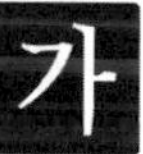

~영애들이 다니는 명문 학교에서 제일가는 아가씨(생활력 없음)를 남몰래 돕는 시종 담당이 되었습니다~

후기

작가 : "각성하는 경쟁자를 쓰고 싶거든요!"

담당 : "말씀하시는 게 무슨 배틀물 같네요."

그런 대화가 있었던 「아가씨 돌보기」 9권이 무사히 나왔습니다!

오랜만입니다, 사카이시 유사쿠입니다. 여러분은 잘 지내셨나요? 저는 8월 휴가철에 코로나에 걸려서 격침당했습니다. 후유증으로 기관지에서 아직 이상한 느낌이 나네요.

●간행 기간에 대하여.

매니지먼트 게임을 썼을 무렵, 조사해야 할 것이 너무 많아서 '5개월 텀으로 간행하는 건 무리야~!' 라며 기브업하고, 반년마다 내기로 했습니다. 그리고 이번 학생회 선거편도 같은 상황이 될 것 같아서, 여전히 반년이나 그 이상의 간행 텀으로 조절하고 있습니다. SNS에서 가끔 '원작은 언제 나와요……?' 라며 불안해하는 글을 보는데, 죄송합니다. 내용을 공들여 쓰기 위해 시간을 많이 투자하고 있습니다. 아가씨 돌보기를 쓰는 의욕이 떨어졌다거나 하는 건 전혀 아니니까 그 점은 안심해 주세요.

●항상 SNS에서 감상을 남겨주시는 독자 여러분 감사합니다.

X(구 Twitter. 언제까지 이 주석을 달아야 할까요?)에서 가끔 독자 여러분의 반응을 살펴보고 있습니다. 응원해 주시는 분들도 계셔서 정말 기쁩니다.

은근 가볍게 재게시(RT)하고 있는데요. 사실 이건 제 타임라인을 독자 여러분께서 게시판처럼 봐주셨으면 하는 의도가 있습니다. 그러니 제 타임라인을 보시면 다른 분의 감상도 확인할 수 있습니다. 부디 이용해 주세요!

【감사 인사】

이 작품을 집필하면서 관계자 여러분께 큰 신세를 졌습니다. 담당 편집자님, 이츠키의 위치 선정 등 섬세하게 배려해야 할 포인트를 지적해 주셔서 감사합니다. 미와베 사쿠라 선생님, 커버의 단풍이나 컬러 본문 등 작품의 세계관을 아낌없이 표현해 주셔서 감사합니다.

마지막으로, 이 책을 골라 주신 독자 여러분께 가장 큰 감사를 바칩니다.

아가씨 돌보기 9
영애들이 다니는 명문 학교에서 제일가는 아가씨(생활력 없음)를 남몰래 돕는 시중 담당이 되었습니다.

2026년 01월 15일 제1판 인쇄
2026년 02월 01일 제1판 발행

지음 사카이시 유사쿠
일러스트 미와베 사쿠라

옮김 JYH

제작 · 편집 노블엔진 편집부

발행 미스터블루(주)
등록번호 제 2008-000093호
주소 07551 서울특별시 강서구 양천로 570 NH서울타워 19층
대표전화 02-2013-5665

ISBN 979-11-380-6675-4
ISBN 979-11-380-0898-3 (세트)

才女のお世話 9
高嶺の花だらけな名門校で、学院一のお嬢様(生活能力皆無)を
陰ながらお世話することになりました

무자각 고스펙 청년이 두 번째 청춘을 리얼하게 다시 시작하는 뉴 게임 플러스 학원 러브 코미디!

하이바라의 청춘 뉴 게임 플러스

1~4

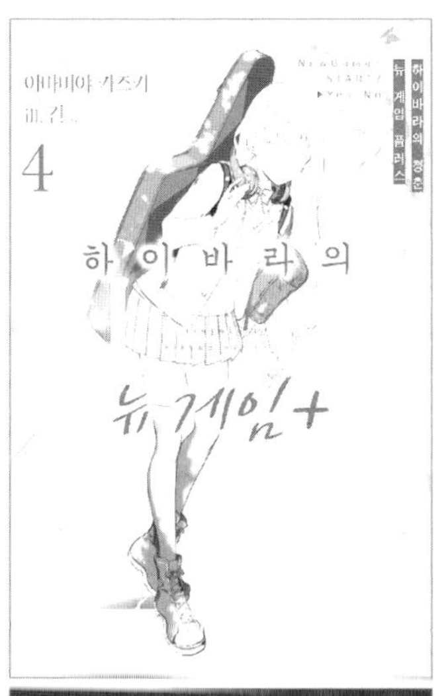

애니메이션 방영 예정

고등학교 데뷔에 실패해 잿빛 고등학교 시절을 보내고 대학교 4학년생이 된 청년, 하이바라 나츠키.

사회 진출을 코앞에 둔 그는 어느 날 갑자기 7년 전── 고등학교 입학 직전으로 시간을 되돌아가게 된다!!

후회만 가득하던 고등학교 생활을 '다시 시작' 할 기회를 얻은 덕에 과거의 경험을 교훈 삼아 같은 반 미남미녀 최상위 그룹 6명 중 한 사람이 되는 데 훌륭히 성공한 나츠키!

게다가 그곳에는 과거에 짝사랑한 미소녀, 히카리도 있는데……?!

아마미야 카즈키 지음 | **긴** 일러스트 | **2025년 12월 제4권 출간**

청춘의 상상, 시동을 걸어라!

패배했기에 빛나는 소녀들에게 행복이 있으라!
인기 애니메이션 방영작, 출간 중!

패배 히로인이 너무 많아!

1~8

◆

애니메이션 방영작

학급의 배경인 나, 누쿠미즈 카즈히코는 인기 많은 여자인 야나미 안나가 남자에게 차이는 모습을 목격한다.

"나를 신부로 삼아주겠다고 했으면서!"

"그거 언제 적 이야기인데?"

"네다섯 살쯤인데."

――그건 좀 아니지.

그리고 이 일을 시작으로 육상부의 야키시오 레몬, 문예부의 코마리 치카처럼 패배감이 넘치는 여자애들이 나타나는데――.

패배 히로인―― 패로인들과 엮이는 수수께끼의 청춘이 지금 막을 연다!

2024년 인기 애니메이션 방영작!!

아마모리 타키비 지음 | 이미기무루 일러스트 | 2026년 2월 제8권 출간

청춘의 상상, 시동을 걸어라!

한없이 자유분방한 성녀님과 보내는,
달콤하고 고귀한 청춘과 사랑의 이야기가 시작된다——.

방과 후의 성녀님이 고귀하지만은 않다는 것을, 나는 알고 있다

1~4

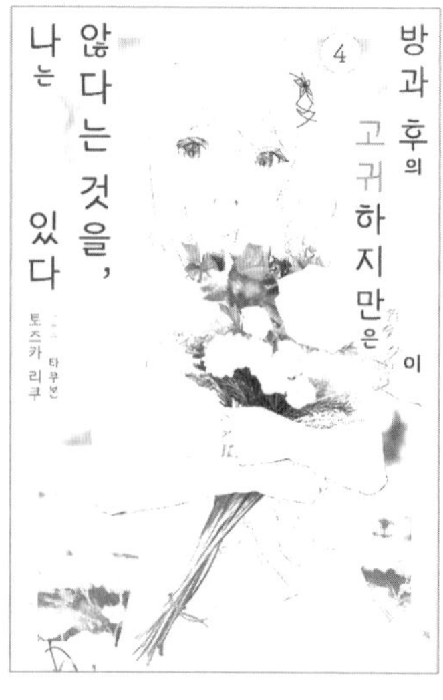

"같이 갈래?"

——밤 11시. 평범한 고등학생 쿠라키 야마토는 편의점에 다녀오는 길에 학교에서 '성녀'로 불리는 미소녀, 시라세 세이라와 마주친다. 그리고 이 말을 계기로 한밤중의 번화가에서 함께 시간을 보내고, 그때부터 두 사람의 교류가 시작되었다.

처음으로 해보는 다트 던지기, CD 교환, 라멘 가게 순례. 가끔 응석을 부리고, 조금은 장난꾸리기 기질도 보이는 성녀님과 교류하는 사이, 칙칙했던 일상이 색채를 띠는데…….

토즈카 리쿠 지음 | 타쿠본 일러스트 | 2025년 12월 제4권 출간

청춘의 상상, 시동을 걸어라!